ELLES SONT PARTIES POUR LE NORD

Patrick Lecomte

ELLES SONT PARTIES POUR LE NORD

PRÉLUDES

Couverture : Studio LGF. © iStock / Shutterstock.

Préludes est un département de la Librairie Générale Française.

ISBN : 978-2-253-10778-1

PREMIÈRE PARTIE

Les vitres s'étaient couvertes de givre au cours de la nuit. Au fil des heures, une pellicule diaphane avait progressivement isolé la cabane du monde extérieur. Les minces carreaux de la fenêtre semblaient soudain avoir rétréci, laissant à peine filtrer une lumière tiède et grise. Alourdis par le vent marin, les pétales de coton froid scintillaient en voltigeant, et frôlaient le verre strié de vallées tracées par le givre. Wilma s'extirpa peu à peu de sa torpeur, comme à contrecœur. Le long hiver canadien avec ses nuits glaciales, ses silences blancs, ses branches qui éclataient sous le gel, la neige lourde, étouffante, lui paraissait interminable. Avril allait pourtant faire ses premiers pas.

Cela faisait maintenant quatre jours qu'elle se sentait souffrante. Elle avait pris froid malgré toutes ses précautions et les consignes répétées de son père. Elle avait commencé par tousser.

Une toux sèche, qui vous enflammait les poumons, vous faisait siffler comme la locomotive d'Edmonton et vous amenait au bord de l'asphyxie. Puis la fièvre s'était déclarée. Sournoise, nocturne et ruisselante.

« Impossible de me lever, pensa Wilma. Trop chaud, trop froid, trop fatiguée. » Elle esquissa un geste sous l'édredon qui la recouvrait : « Trop lourd ! »

Il fallait pourtant qu'elle se lève pour ranimer le feu moribond dans la cheminée de pierre. La tourmente arrivait à se faufiler entre les rondins de pin que son père et elle avaient assemblés pour construire leur nouvel abri, avant l'hiver. Il avait fallu porter les troncs, les écorcer, calfeutrer les interstices à l'aide de mousse, de terre et de pierres, le dos ployant sous les fardeaux, réclamant le repos. Sans compter les ongles cassés aux arêtes des pierres, les mains rugueuses, les cals succédant aux ampoules crevassées, piquées d'échardes, ceintes de cercles purulents et douloureux. L'hiver 1917-1918 avait été précoce. Les premiers froids, et surtout les premières neiges, n'avaient pas laissé beaucoup de temps à l'automne, déjà si fugace d'habitude. Les arbres s'étaient à peine parés de leurs atours que les gelées avaient ôté leurs manteaux feuillus chatoyants. Il s'en était fallu de peu que la cabane ne soit pas achevée avant les bourrasques de novembre. Wilma se rappelait encore des derniers jours de la construction, ses mains endurant le martyre sous la pluie glaciale. Pour terminer les préparatifs d'hivernage, elle avait dû ramasser, transporter et stocker le bois pour la cheminée. Dieu, que la hache était lourde ! Elle en voulait à la nature entière qui lui semblait hostile. Et puis, elle le savait, cette nature allait lui prendre son père, des journées entières, tant que durerait l'hiver.

Wilma repoussa l'édredon et se leva. Elle grelottait, transie de froid et de fièvre. Elle enfila maladroitement ses vêtements de la veille comme s'il s'agissait d'une seconde peau humide. Pressée d'en finir, elle termina de s'habiller avec des gestes saccadés. Sa manche, trop grande comme tous les rares vêtements qu'elle possédait, accrocha la bougie, éteinte, enfoncée dans le goulot d'une bouteille vide. Celle-ci oscilla, hésita, puis roula inexorablement sur les miettes de la table en bois à peine dégrossi. Wilma esquissa un geste, mais, comme dans un rêve au ralenti, le récipient poursuivit sa course suicidaire, coiffé de sa tige de cire et de ses dégoulinures ridicules. Cette bouteille-là lui en voulait elle aussi. Wilma en était certaine. La nature, les objets, tout s'animait, se liguait contre elle, se concertait pour lui rendre la vie impossible. Maudits vêtements trop grands, maudits troncs esclavagistes, maudite bouteille incontrôlable ! Une fraction de seconde, Wilma imagina une fin normale à l'incident : sur le sol de terre à peine tassée, la bouteille allait s'arrêter puis elle cesserait définitivement de s'agiter, décapitée au passage de son luminaire. En réalité, le cylindre rebondit dans le silence, tournoya une fois, puis s'écrasa contre le coin de la cheminée. Il explosa et projeta des éclats de verre dans toute la pièce. Cela agaça Wilma. Elle n'était pas levée que le monde lui compliquait déjà la vie. Et, pour couronner le tout, le feu s'était éteint. Elle extirpa une branchette du fagot disposé à ses pieds et fouilla frénétiquement dans les cendres : pas la moindre braise rougeoyante. Elle se résigna donc à suivre la procédure minutieuse que lui avait enseignée son père. En cherchant un morceau d'écorce de bouleau, le plus petit possible, car la réserve avait beaucoup diminué, Wilma tomba sur un bout de journal. Machinalement, malgré le froid qui s'emparait d'elle, elle parcourut quelques lignes.

Elle avait pu aller à l'école deux ans auparavant, puis son père avait fini de lui apprendre à lire. Il faisait partie des rares trappeurs sachant lire et écrire grâce à un pasteur qui l'avait hébergé à la fin de la saison de traque et qui, en échange de ses services, s'était chargé de son instruction.

L'article parlait du prix des fourrures, à la hausse en raison d'une forte demande, et de la raréfaction des animaux convoités. Cela dirigea immédiatement ses pensées vers son père. Elle froissa rageusement le papier et le jeta dans les cendres. Une volute de fumée s'éleva presque aussitôt. Luttant contre l'engourdissement, elle disposa rapidement les écorces de bouleau comme son père le lui avait appris. Puis elle ajouta des branchettes, des petites bûches et d'autres plus grosses. Sa tâche accomplie, elle recula et contempla son œuvre, satisfaite. Un brusque courant d'air la rappela à la réalité et elle se mit en quête du briquet. Elle aimait cet instant où la flamme dansait au bout de la mèche, tremblante, fragile, avant de lécher les écorces puis de s'élancer à la conquête du bûcher. Mais elle ne trouvait pas le briquet. Elle était pourtant certaine de l'avoir rangé à sa place, dans l'interstice entre deux pierres de la cheminée. Qu'avait-elle bien pu en faire ? Elle se mit à chercher dans la cabane, fébrilement, quand une sensation de chaleur bienfaisante lui parcourut la nuque. Elle se retourna : le feu avait repris sans elle, la privant d'un moment de plaisir. Les flammes gonflaient rapidement, léchant les bûches humides qui commencèrent à fumer. Wilma savait qu'il faudrait du temps avant que la cabane n'atteigne une température acceptable. Elle décida donc de manger. La table portait encore la gamelle qui lui servait d'assiette, le couteau et la fourchette de son repas de la veille. L'hiver, il faisait souvent trop froid pour nettoyer la vaisselle sommaire dans la cabane. Une poignée de neige frottée avec vigueur de temps en temps et c'était tout. Wilma prit la viande séchée sur l'étagère. Un craquement sous ses pieds lui rappela qu'il lui faudrait bien ramasser les bouts de verre. Heureusement, elle portait ses bottes fourrées. Elle coupa une large tranche qu'elle posa sur la table, prit à côté de la cheminée la casserole dans laquelle un disque de glace flottait et la rapprocha du feu. Elle aurait ainsi de l'eau à disposition. Ensuite, Wilma s'attabla et mâchonna la viande de caribou séchée ou fumée pendant la bonne saison et conservée pour l'hiver, que les Indiens appelaient pemmican. La fillette avait faim, elle mangea de bon appétit, le regard perdu dans les flammes qui lui prodiguaient maintenant une douce chaleur. Une légère brume flottait dans la cabane saturée d'humidité, tandis que sur les vitres le givre fondait. Wilma contemplait, songeuse, les reflets jaunes des flammes dansant leur sarabande sur un rythme toujours renouvelé, amenant son esprit à vagabonder. C'était le seul mouvement dans la cabane, la seule manifestation de vie autour d'elle.

Quatre jours, quatre jours que son père était parti. Il devait faire la tournée de ses pièges, puis passer à Fort Chipewyan acheter des remèdes pour Wilma, ainsi que leurs dernières provisions pour finir l'hiver. Si le temps le permettait et que tout se passait bien, il serait de retour avant la nuit. Une angoisse sourde étreignit Wilma. Et si son père ne revenait pas ? Bien sûr, il était vigoureux, expérimenté, et il connaissait parfaitement les terrains de chasse qu'il exploitait cette année. Mais la nature, qui subvenait à leurs besoins et leur assurait des revenus, certes limités, savait se montrer hostile. Son père pouvait tomber sur un fauve blessé ou un vieux caribou acariâtre.

Wilma laissa ainsi vagabonder son esprit. Elle n'aimait pas rester seule trop longtemps. Elle se sentait abandonnée et une peur sournoise l'envahissait souvent à l'improviste. Oh ! bien sûr, elle avait fini par s'habituer au silence, aux craquements du bois, aux souffles rauques de la tourmente, aux chants, cris et plaintes des animaux de l'immense forêt qui entourait la cabane comme un vaste océan étirant ses flots jusqu'à l'infini. Elle avait appris à calquer sa vie, ses élans, ses espoirs sur le rythme des saisons. L'hiver une sorte de léthargie qu'elle comparait à celle des animaux tapis sous les pierres, au creux des troncs ou dans quelque sombre caverne. Un fol espoir au printemps quand les bourgeons gorgés de sève explosaient sous un soleil encore pâlot et que la canopée bruissait de mille battements de cœur. Au printemps, tout s'emballait, comme si le temps allait manquer. Les fauves décharnés retrouvaient en quelques semaines leur allant, leur arrogance et leur suffisance. Les proies qui avaient survécu à l'hiver se lançaient frénétiquement dans les joutes et danses de la reproduction. Puis, très vite après les accouplements, le sous-bois redevenait calme. Au creux des fourrés, au fond des terriers ou dans l'onde fraîche, la vie prenait corps. L'été arrivait avec sa moiteur lourde qui freinait toute exubérance. À cette époque de l'année, la nuit revêtait toute son importance en distillant le peu de fraîcheur indispensable à l'acte fondamental : tuer pour se nourrir et approvisionner nichées et portées. Comme usée par la chaleur estivale, la nature déposait ensuite les armes, tout en flamboyant une dernière fois de ses feuillages gorgés de regrets. Leur vert, tendre puis soutenu, passait le relais aux ocres, rouges et pourpres qui annonçaient la période des réserves. La frénésie reprenait. Les adultes écartaient les jeunes de leurs territoires, cherchant à préserver leur avenir de géniteurs. Déjà les plus faibles retournaient à la terre. Puis les premières neiges annonçaient le triomphe du silence blanc, obligeant la vie à se retirer et à patienter. Le blanc, vierge, immaculé, composite de toutes les couleurs. Le blanc qui recelait tous les ingrédients afin que renaisse la vie. Pour ceux qui n'hibernaient pas, la traque continuait au ralenti, toute course étant synonyme d'effort, de dépense d'énergie vitale qu'il fallait économiser pour ne pas entamer les ultimes réserves.

Au contact de cette nature, Wilma avait grandi plus vite que bien des enfants de son âge. La nécessité de se débrouiller seule et les périodes de longue solitude l'avaient conduite à se poser beaucoup de questions. Et puis, comme les distractions étaient rares et que les rencontres avec d'autres enfants restaient exceptionnelles et sans lendemain, elle avait appris à observer. Observer pour s'occuper, pour comprendre et pour parier sur la vie. À l'approche du printemps, elle pariait ainsi sur le jour où elle verrait le premier écureuil. Gonflée d'orgueil quand ses prévisions étaient couronnées de succès, elle trouvait toujours des explications pour justifier des décalages qu'elle imputait à des événements extérieurs imprévisibles qui ne pouvaient remettre en cause ses capacités. Elle faisait alors de nouvelles prédictions jusqu'à ce qu'elle finisse le plus souvent par tomber juste. En cas d'échec, elle retombait dans sa vision animiste du monde, reprochant au ciel, à la terre et aux êtres leur entêtement à s'opposer à ses volontés. Malgré son jeune âge, Wilma avait ainsi acquis des connaissances naturalistes fiables, fondées sur une observation attentive du vivant. Elle passait des heures à écouter, sentir, regarder, observant le comportement des animaux, le mémorisant, s'engageant encore et toujours sur la voie de la prédiction. Son père ne lui avait appris que peu de choses sur la nature finalement. Accaparé par ses tâches l'hiver – relève des pièges, dépeçage, traitement des peaux –, il voyait ses journées d'été occupées par les multiples travaux que lui commandaient les habitants de Fort Chipewyan – réparation de toitures, réalisation de clôtures et autres –, qui lui permettaient de compléter ses revenus. Cela ne lui laissait guère le temps de bavarder avec elle et, comme il était d'un naturel peu loquace, leurs échanges étaient très limités. Les rares fois où Wilma avait pu lui soutirer des informations sur ses méthodes de trappeur, elle avait été déçue. Conditionnées par l'objectif de capture, ces méthodes tenaient peu compte du comportement social des espèces, s'appuyant plutôt sur une excellente connaissance de leurs préférences alimentaires, de leur sensibilité à toute modification, même ténue, de leur environnement habituel et, dans une moindre mesure, de leurs déplacements.

Wilma allait bientôt entamer son onzième printemps, le troisième qu'elle passait avec son père. De sa mère, Marjorie, il ne lui restait qu'une photographie sépia sur laquelle celle-ci paraissait très jeune. Vêtue d'un chemisier blanc et d'une jupe longue, appuyée à une barrière, une maison de bois blanc en arrière-plan, au loin, elle souriait d'un air radieux au photographe sous un soleil éclatant. Wilma savait que sa mère était morte quelques jours après sa naissance d'une mauvaise fièvre. C'était à peu près tout. Chaque fois qu'elle avait questionné son père, celui-ci était resté silencieux ou ne lui avait fourni que quelques bribes de réponses. « Elle était belle, douce, heureuse de vivre », voilà tout ce qu'il arrivait à en dire, les yeux embués, si bien qu'elle avait fini par renoncer à l'interroger davantage. De son père, au caractère taciturne, elle savait peu de choses d'ailleurs. Il avait trente-neuf ans, exerçait le métier de trappeur depuis une dizaine d'années l'hiver et d'homme à tout faire le reste de l'année. C'était un bon trappeur. Elle avait entendu Mme Brighton vanter ses mérites auprès de ses amies pendant que son père travaillait sur le toit ou dans le jardin. John était le seul à fournir des peaux si bien préparées, si peu abîmées par les pièges. Mme Brighton suggéra même qu'il devait avoir un secret pour capturer les bêtes, un charme, un sortilège. Elle avait alors un drôle de regard en prononçant ces paroles. Wilma devinait que la dame du cottage, comme l'appelaient ses amies, était amoureuse de son père. Mme Brighton disait aussi que la place d'une enfant de dix ans n'était pas dans une cabane, seule, à attendre le retour de son père. Elle avait proposé à de nombreuses reprises de garder Wilma pendant la période hivernale.

John avait toujours décliné l'offre d'un ton poli mais ferme, au grand soulagement de la fillette qui n'aimait pas les regards que Mme Brighton adressait à son père.

Wilma était fascinée par lui. John était grand, très grand même. Ses bras musclés, ses mains noueuses, épaisses, puissantes, lui semblaient d'une force colossale à la fois un peu effrayante et rassurante, capable de la protéger du monde extérieur comme une barrière infranchissable.

Une bûche éclata avec un claquement sec, projetant une multitude d'étincelles rouges dans l'âtre et sur le sol. Wilma fut tirée de sa rêverie. Elle termina son repas, se leva et s'approcha de la fenêtre, devinant les contours d'un paysage fantomatique. Aussitôt, les vitres se couvrirent de buée. Elle frotta un carreau avec sa manche et appuya son front contre le cadre de bois. Un véritable mur blanc stoppait net le regard à deux ou trois mètres. Finalement, la cabane, qui se réchauffait enfin, représentait un havre de sécurité alors que dehors les rafales de neige se succédaient sous un vent violent, secouant les parois qui craquaient de toutes parts, comme prêtes à tomber en morceaux.

Son père avait pourtant choisi son emplacement avec soin l'été précédent, au bord d'un ruisseau utile pour la vie courante et surtout le lavage des peaux. L'eau, fraîche et abondante toute l'année, sauf en période de gel, venait des monts proches, plutôt de grosses collines, déjà assagie, ayant abandonné le cours tumultueux du torrent pour paresser le long de forêts humides riches en gibier, avant de se jeter dans la rivière quelques centaines de mètres en contrebas.

Au printemps, avec la débâcle, le « Minissippi », comme l'appelait John en riant, retrouvait une vigueur toute montagnarde. Alimenté par de nombreux ruisseaux, le cours d'eau se réveillait brutalement après avoir été emprisonné tout l'hiver. Pendant plusieurs semaines, l'air paraissait rempli d'une sorte de pulsation sourde, vibrant sous la glace et sous les écorces. Après le silence hivernal duveteux, la forêt s'emplissait de bruits allant crescendo. Des éclats sonores secouaient la chape glacée qui recouvrait les pierres, les racines des arbres accrochés aux rives, le lit endormi de la rivière. Le gazouillis d'une onde frémissante se faisait entendre un beau matin ; sans que rien le laisse deviner, l'eau recommençait à circuler sous la glace, mince filet limpide. Des galets se détachaient de la gangue blanche, s'entrechoquaient, impulsant un rythme cliquetant au réveil de la nature. De temps à autre, un bloc plus gros, fendu par le gel au cours de l'hiver, se détachait pesamment de la rive, s'affaissait lourdement et retombait sur la glace en contrebas. Quelquefois, ces blocs crevaient la croûte immaculée. C'est par ces fenêtres ouvertes sur le printemps que l'eau recommençait à circuler en surface. Au début, certaines nuits, tout s'arrêtait. Il suffisait d'un brusque refroidissement. Puis, au bout de quelques jours, les bruits, le murmure de l'eau, les craquements de la glace reprenaient de plus belle. Le carcan gelé se fendillait de toutes parts. La nature se débarrassait d'une carapace trop longtemps portée, pour entamer sa mue providentielle. L'eau s'insinuait partout où le monde solide le permettait, gagnant chaque jour du terrain. Alors que la glace semblait pouvoir résister éternellement, parcourue de milliers de filets scintillants, le moment de la rupture sonnait enfin. Wilma le guettait avec impatience chaque année, depuis toujours, lui semblait-il. Emmitouflée dans des peaux, elle choisissait un point surélevé pour assister à ce spectacle extraordinaire et s'en mettre plein les yeux et les oreilles. Cela commençait par une sorte de grondement sourd. Le sol se mettait à trembler légèrement sous l'effet de la vague chargée de matériaux. Le bruit, qui démarrait en amont, parcourait la contrée en s'amplifiant régulièrement au gré des apports d'eau. Quand la vague n'était plus qu'à quelques centaines de mètres, derrière une boucle de la rivière, l'air semblait prêt à éclater. Il retentissait du craquement des milliers de blocs de glace fracturés, bousculés par le courant. Quelques minutes plus tard, le lit du « Minissippi » se soulevait sous les yeux ébahis de Wilma. Les troncs morts arrachés aux rives donnaient des coups de boutoir sur les plaques de glace fragiles qui explosaient dans un grand fracas. Les galets et les blocs, mêlés à la boue, roulaient dans un grondement menaçant devant elle et poursuivaient leur descente vers la mer ; certains, brisés et usés, l'atteindraient sous forme de grains de sable. Durant plusieurs jours, une boue ocre s'étalait sur plusieurs dizaines de mètres. Une boue visqueuse, qui formait de longues coulées sur les rives et où affleuraient quelques fragments, plaques et stalactites de glace, ultimes dépouilles du combat que s'étaient livré les forces de la nature. Parmi ces vaincus, en sursis dans l'attente de la fonte finale, le cadavre d'un animal surpris par les flots émergeait parfois avant de s'échouer dans une anse temporaire générée par les eaux tumultueuses.

Ces malchanceux faisaient le bonheur des affamés de la terre. Dès la première nuit suivant la débâcle, un festin s'organisait. Aux craquements de la glace succédaient les grognements des carnivores aux côtes saillantes, les claquements des mâchoires, la rupture des os. Autour des carcasses se retrouvaient dans un improbable ballet toutes sortes de prédateurs, grands et petits, pressés de profiter de cette aubaine en prévision de la saison de reproduction qui allait bientôt mobiliser toute leur énergie, prêts à disputer d'âpres combats.

Wilma se souvenait de cette altercation à laquelle elle avait assisté le printemps précédent. Des loups avaient découvert une femelle caribou coincée entre deux rochers, dans le lit du « Minissippi ». La faim étant la plus forte, les loups étaient entrés dans l'eau glacée, avaient glissé à plusieurs reprises sur les roches gluantes avant d'atteindre finalement leur pitance. Le caribou était une belle bête adulte, quoique amaigrie par l'hiver. Au nombre de trois, les carnassiers avaient pris soin de choisir chacun une extrémité afin d'éviter tout affrontement hiérarchique, comme le prévoit d'ordinaire la loi des clans. Cette façon inhabituelle de procéder s'expliquait également par l'origine des loups. Il ne faisait aucun doute qu'il s'agissait de jeunes de l'année précédente en quête de territoire. Regroupés davantage par intérêt que pour la formation d'une réelle meute, les canidés joignaient leurs énergies en attendant un hypothétique rapprochement d'une troupe existante ou la création d'une nouvelle bande au gré des rencontres.

Au bout d'une dizaine de minutes, l'un des protagonistes, en partie rassasié, avait commencé à manifester de l'agressivité vis-à-vis de ses congénères. Les grognements avaient répondu aux grognements, les babines retroussées avaient succédé aux poils hérissés. Comme la nourriture était abondante, les choses en étaient restées là, chacun estimant qu'il avait eu gain de cause. La belle organisation consensuelle vola en éclats avec l'arrivée d'un ours. Celui-ci était de bonne taille, visiblement agacé par la présence de concurrents et prêt à en découdre. Ostensiblement, il s'attabla au milieu des loups qui avaient uni leurs grondements pour faire reculer l'intrus, peu impressionné au demeurant. À deux ou trois reprises, les loups, qui s'étaient écartés avec prudence, tentèrent un retour en force, sans succès. À chaque tentative, l'ours, presque goguenard, levait la tête de son repas, poussait quelques grognements en découvrant sa dentition imposante. Aussitôt, les loups reculaient, soucieux d'éviter un combat perdu d'avance. Après tout, ils avaient déjà eu leur part du butin. À chaque joute virtuelle entre le plantigrade et les loups, deux ou trois corbeaux en profitaient pour récupérer un bout de peau ensanglantée détaché de la carcasse. Dès qu'il avait réaffirmé sa domination sur les loups, l'ours s'empressait de chasser les oiseaux noirs. Wilma avait poursuivi longtemps son observation. La cabane de l'époque était juste derrière la première boucle de la rivière. Elle se sentait en sécurité. Pourtant, son père l'avait sévèrement réprimandée lorsqu'elle lui avait raconté la scène. Il l'avait traitée d'inconsciente et lui avait rappelé que les carnivores se nourrissaient de viande morte, mais également de viande sur pieds. Comment pouvait-il s'absenter pour pourvoir à leurs besoins si elle prenait des risques insensés en son absence ?

Puis, tout aussi rapidement, le phénomène de la débâcle s'éteignait. La rivière retrouvait son lit, un cours plus calme, sa transparence. En quelques jours, deux semaines tout au plus, les pluies, qui succédaient à la neige, faisaient disparaître les dernières traces du tumulte. La végétation explosait sur les rives recouvertes de limon et tout rentrait dans l'ordre naturel du *wild*[1].

La cabane était située sur un promontoire naturel, dans un vallon à une cinquantaine de mètres du « Minissippi », à l'orée de la forêt de pins, face à l'ouest. Elle était ainsi à l'abri des aiguilles glacées des tempêtes boréales, des fortes pluies venues de la côte, et bénéficiait de l'ombre quand les premières chaleurs arrivaient. Face à l'entrée, une prairie grasse se développait sur les rives enrichies par les débâcles du printemps. Elle fournissait un complément à l'alimentation plutôt carnée de Wilma et de son père ; bulbes, tiges craquantes et plantes aromatiques amélioraient leur ordinaire.

Wilma essuya de nouveau un carreau de sa manche. Son père ne rentrerait pas aujourd'hui. Il s'était certainement mis à l'abri pour laisser passer la tempête. Elle l'imagina dans son refuge de fortune, laissant le soin aux chiens de s'enfouir dans la neige isolante.

La bouteille, la débâcle, l'épisode de l'ours et des loups… Décidément, l'esprit de Wilma tourbillonnait comme les flocons sous ses yeux.

---

1. La nature sauvage. *(Toutes les notes sont de l'auteur.)*

La fièvre expliquait en partie seulement ces rêveries, la véritable origine se trouvait ailleurs. Faute de compagnons de jeu, d'échanges prolongés avec son père ou de distractions sociales, Wilma avait développé une imagination fabuleuse. Elle trouvait ainsi des explications déterministes et animistes à tous les événements qui survenaient. Elle se mit bientôt en tête qu'une nouvelle gerbe d'étincelles dans le brasier dans la minute signifierait le retour de son père avant le soir. Elle se retourna pour regarder l'horloge en bois qui marquait onze heures quarante. Elle était debout depuis une heure, mais il faisait si gris qu'elle avait du mal à croire que le jour s'était réellement levé. Wilma fixa les flammes bienfaisantes comme si sa vie en dépendait. Elle avait hâte de retrouver son père, ses bras, sa barbe gelée, son odeur sauvage. Plus que trente secondes. Et s'il lui rapportait un cadeau de la ville ? Cela lui arrivait parfois, un ruban pour ses cheveux, une robe un peu défraîchie récupérée chez Mme Brighton ou encore une serviette de table joliment brodée. Il lui avait même offert un collier, une fois. L'aiguille entama son dernier virage, mais les bûches se consumaient paisiblement. Afin de forcer le destin, Wilma fut tentée d'en ajouter une nouvelle. Elle y renonça alors que les secondes finissaient leur ronde. Wilma sombrait déjà dans une mélancolie teintée de révolte lorsqu'un crépitement salvateur se fit entendre, suivi de plusieurs salves d'étincelles, véritable feu d'artifice couvrant ses joues de reflets rougeoyants. Elle fut envahie d'un sentiment de jubilation extrême. C'était désormais une certitude : son père allait rentrer dans quelques heures et lui apporter le plus beau de tous les cadeaux qu'elle ait jamais eus. Cette perspective lui mit du baume au cœur, elle se sentit soudain mieux, plus légère. Son mal de tête avait disparu. Une belle journée s'annonçait.

Il faisait presque nuit quand son père rentra. Bien qu'elle l'ait guetté toute la journée, elle ne l'entendit pas arriver. Le traîneau, tiré par les chiens concentrés sur leur effort, n'avait pas fait le moindre bruit alors qu'il glissait sur la poudreuse dans l'air constellé de cristaux ouatés. La porte s'ouvrit brusquement et une silhouette de géant apparut dans un tourbillon de vent et de neige. C'est ainsi que Wilma voyait son père dont les retours avaient toujours quelque chose d'un peu théâtral. Il se secoua, une nuée cotonneuse s'échappant de son manteau en peaux de loups, et frappa lourdement ses bottes sur la dalle qu'il avait installée à cet effet. Chargé de plusieurs sacs qu'il posa à même le sol, il pénétra dans la cabane, comme propulsé par la tempête. Empêtré dans l'accumulation de peaux qui le recouvrait et lui donnait une carrure impressionnante, il se retourna et referma la porte. Wilma frissonna. La scène avait à peine duré quelques secondes, pourtant la température avait chuté de manière brutale. Avant que son père n'ait pu esquisser le moindre geste, elle se jeta à son cou et, comme un animal qui retrouve la chaleur de sa mère, enfouit son nez dans les fourrures. Un mélange d'odeurs de poil, de sang et de sueur l'envahit instantanément. Son père sentait le froid, le sauvage, le fauve, la vie et la mort à la fois. Heureuse, soulagée, Wilma avait l'impression qu'une éternité s'était écoulée depuis son départ. À regret, elle quitta les bras qui l'enlaçaient affectueusement, avec un sourire radieux qui en disait long sur sa joie. Elle triomphait intérieurement. Une fois de plus, elle avait vu juste : son père était bien là ! Comme pour confirmer ses pensées, le feu crépita de nouveau en projetant des braises incandescentes.

John entreprit de se débarrasser des couches successives de ses vêtements. La neige qui commençait à fondre formait un halo de fine vapeur autour de lui, le faisant paraître plus grand, plus fort, plus imposant encore. John enleva ses moufles, abaissa sa capuche et frictionna longuement ses cheveux hirsutes. Il suspendit son manteau à un valet de nuit rudimentaire façonné par ses mains. La pelisse pouvait ainsi sécher sans garder d'humidité dans les plis et sans se déformer. Wilma attendit en silence. Son père était bel et bien là mais, pour que sa prédiction se révèle exacte jusqu'au bout, il devait aussi lui apporter un cadeau. John se retira dans le coin de la pièce où se trouvait son lit et enfila rapidement des vêtements propres et secs qu'il attrapa sur les planches de pin servant d'étagères.

Si son père avait un présent pour elle, Wilma savait qu'il le lui remettrait selon un rituel immuable. Après s'être changé, il viderait le contenu de ses sacs, le répartissant dans les emplacements prévus à cet usage. John aimait que tout soit bien rangé dans la cabane et à l'extérieur. Il tenait à retrouver son foyer aussi ordonné qu'au moment de son départ. Si ce n'était pas le cas, il ne se fâchait pas, mais son visage changeait et la fillette pouvait y lire la déception. C'est grâce à Marjorie que John avait appris que tout avait une place attitrée. Auparavant, il éparpillait ses affaires, ses outils, ses peaux un peu partout. Désormais, même s'il avait du mal à se l'avouer, il perpétuait sa présence de cette façon, en demeurant fidèle à sa notion d'ordre. Wilma patienta. Le cadeau devait se trouver au fond de l'un des sacs. Elle ignorait pourquoi et comment il atterrissait toujours là. Peut-être son père commençait-il par chercher un cadeau avant de procéder à d'autres achats, ou alors il le cachait volontairement afin de le lui remettre en dernier, attribuant par là même un caractère solennel à un acte déjà empreint de magie en raison de sa rareté.

Comme pour lui donner raison, John extirpa du fond du dernier sac un paquet rectangulaire imposant. Wilma ouvrit de grands yeux. L'objet était soigneusement emballé dans une peau tannée, entourée d'un lien, en cuir également. D'habitude, ces précautions trahissaient l'achat d'un livre. Mais si grand ? s'étonna Wilma, intriguée.

John posa délicatement le colis sur la table après avoir soigneusement nettoyé celle-ci puis invita Wilma à s'approcher. Elle se colla à lui sans un mot. Avec d'infinies précautions, comme s'il s'agissait d'un trésor inestimable et fragile, John entreprit de défaire le lien et de déplier la peau. Wilma entrevit alors une couverture rouge incarnat ornée de lignes et d'arabesques dorées. Comme son père maniait l'ouvrage avec un soin frisant la dévotion, la fillette s'imagina qu'il s'agissait d'une bible dans une édition de luxe. Elle avait déjà vu des beaux livres chez Mme Brighton, sans oser y toucher, mais celui-ci les dépassait tous. John retourna l'ouvrage avec délicatesse et Wilma, ébahie, put lire le titre inscrit en lettres d'or : *Le Fabuleux Voyage de Nils Holgersson à travers la Suède*. L'imagination de la fillette s'emballa aussitôt.

John, qui n'avait rien perdu des émotions de sa fille, la regardait, amusé et fier de son succès. Il était loin de se douter de l'importance qu'allait revêtir ce livre dans la vie de Wilma.

L'enfant avança lentement la main et souleva la couverture avec d'infinies précautions. Le titre, tout en pleins et déliés, était repris sur la première page. Juste au-dessous apparaissait le nom de l'auteur : Selma Lagerlöf. Ces sonorités étranges semblaient encore inviter au voyage. La fillette poursuivit son exploration : Traduit du suédois... Suédois ? De quelle contrée lointaine, aux confins du rêve, de l'imaginaire et de la magie, l'auteure était-elle originaire ? Ce pays existait-il vraiment ? Ou bien le livre était-il l'œuvre d'un être fabuleux tapi au fond d'une forêt sombre peuplée de chimères ? Sous le nom de l'auteur, Wilma découvrit une illustration tout aussi étonnante : une oie portait sur son dos un minuscule personnage qui, les rênes à la main, semblait la diriger. C'était peut-être ce gnome qui avait écrit le livre !

John retenait son souffle. Sa fille, qui n'avait pas prononcé un mot depuis son retour, scrutait, fascinée, la page de garde comme si elle voulait en mémoriser chaque détail, caressant la tranche dorée des pages, les traits de Nils Holgersson sur le dos de l'oie, le grain du papier, humant le livre dont les effluves légèrement acides rappelaient le bois, la poussière. La fillette murmura enfin un « Merci » à peine audible.

« Je l'ai trouvé chez Alan Jarvis, le quincaillier, expliqua John. L'un de ses fournisseurs le lui avait laissé pour effacer une vieille dette. Il te plaît ?

— Oh, oui ! s'exclama Wilma, ravie.

— C'est un livre pour enfants, il paraît, l'histoire d'un garnement qui est puni. Jarvis ne savait pas quoi en faire, alors il me l'a donné.

— Il est magnifique ! Je peux le prendre et commencer à lire un peu ?

— Si tu veux. Tu n'as pas dîné ?

— Non ! J'étais sûre que tu allais rentrer, alors, j'ai préféré t'attendre. »

John haussa imperceptiblement les épaules. Wilma et ses prédictions ! Ce qui, au début, lui avait paru un jeu attendrissant était devenu une véritable obsession chez la fillette, suscitant son agacement. Et pourtant, les faits venaient de lui donner raison, il devait bien l'admettre.

En effet, rien ne prédisposait John à rentrer ce jour-là. Mais il s'était réveillé, le matin, empli d'une grande lassitude. Bien différente de la fatigue physique qui s'abat sur vous après une épreuve ayant mobilisé toutes vos ressources et vous ôte, malgré la victoire, toute force, toute volonté, toute énergie. Sur ces terres sauvages, cette apathie soudaine conduisait inexorablement à la mort. Non, il s'agissait d'autre chose, et tant mieux d'ailleurs, maintenant qu'il y repensait. Il s'était senti tout vide, sans but, indécis. Comme s'il avait oublié ce qu'il faisait dans le *wild* et même qui il était. Il avait ensuite ressenti, tel un appel irrésistible, l'impérieux besoin de rentrer chez lui et de serrer sa fille dans ses bras. John avait alors pesté contre ce qu'il appelait « des trucs d'Indiens », ne croyant pas plus à l'appel du sang qu'aux messages des âmes, bien décidé à chasser les doutes qui l'assaillaient. Dans le monde où il vivait, il n'y avait pas de place pour les rêveurs. Pourtant, il était rentré...

Il reprit le fil de la conversation sur un ton plus rude :

« Bon. J'ai ramené du lard, des œufs et des pommes de terre. Je vais préparer le dîner. Tu peux lire en attendant.

— Merci, papa ! »

La fillette déposa deux gros baisers sur la barbe maintenant sèche et fila vers son lit, son précieux cadeau sous le bras. Elle le posa puis s'installa confortablement en enlevant ses chaussures et en calant un oreiller derrière son dos. Pendant ce temps, son père, qui avait déballé le lard, le débitait en fines tranches qu'il plaçait ensuite dans la poêle. Une odeur appétissante emplit la cabane. Comme pour mieux profiter de l'instant, Wilma s'abandonna à ses sensations : les ondes de chaleur prodiguées par le foyer où son père venait de remettre une grosse bûche, les flammes dansant la sarabande, l'odeur d'humidité alors que les vêtements séchaient, les bruits de cuisine… Elle caressa encore l'ouvrage, puis l'étala sur ses genoux et l'ouvrit. Elle examina une nouvelle fois la première page en rêvant autour de l'illustration en noir et blanc. Le petit personnage – était-ce lui le garnement puni ? – portait un bonnet. Wilma décida qu'il serait rouge vif. L'oie semblait se diriger vers elle, son cou tendu par l'effort. La fillette distingua des silhouettes d'oiseaux à l'arrière-plan. Elle porta le livre à son nez et inspira une grande bouffée avant de poursuivre et de tomber sur… un feuillet blanc. Désappointée,

Wilma passa à la page suivante : « Chapitre premier : Nils Holgersson » était-il écrit. Puis une date en dessous : « Dimanche 20 mars. » Wilma s'enfonça un peu plus dans son oreiller, prête à se lancer dans l'aventure.

« Il était une fois un gamin d'environ quatorze ans, grand, dégingandé, avec des cheveux blonds comme de la filasse... », ainsi débutait l'histoire. Comme l'avait dit Jarvis, il s'agissait bien des aventures d'un garçon. Wilma dévora, fébrile, le premier chapitre en quelques minutes. La fillette fit connaissance avec Nils, l'espiègle enfant de Vemmenhög, commune rurale du sud de la Scanie, en Suède. Elle participa, bouleversée, à son infortune : Nils, réduit à une taille de lilliputien après avoir capturé puis relâché un « tomte », une sorte de lutin. Elle partagea sa terreur alors qu'il découvrait son reflet dans le miroir, parcourait avec frénésie la ferme à la recherche d'un hypothétique secours et se trouvait confronté à la vindicte des animaux trop heureux de se venger des sévices qu'il leur avait fait subir. Elle compatit lorsque Nils se retrouva plaqué au sol par le chat de la maison qui, les griffes enfoncées dans la poitrine du garçon, menaçait de lui trancher la gorge de ses dents pointues. Wilma, absorbée par ce récit qui démarrait en trombe, sans temps mort, retenait sa respiration, bouche bée.

Si l'apparition du tomte l'avait inquiétée, la métamorphose de Nils l'avait terrorisée. Elle, déjà si sensible au langage des plantes et des animaux, à la signification des objets, découvrait soudain qu'il existait, à côté de celui des humains, un autre monde presque invisible dont les représentants possédaient des pouvoirs illimités sur les corps. Quittant pour un moment l'univers de Nils, elle leva les yeux puis, avec une extrême prudence, abaissa le livre et observa méticuleusement l'ensemble de la pièce. Personne sur les étagères qui avaient pris, au fil du temps, une teinte brune comme le pelage d'un ours, et dont les recoins créaient des zones d'ombre dans lesquelles n'importe quel tomte digne de ce nom pouvait se réfugier et passer inaperçu.

Elle poursuivit son inspection. John s'affairait à la préparation du repas et de ce côté-là tout paraissait normal. Nulle créature étrange assise sur le pot à sel ou perchée sur la cheminée. Aucun signe inquiétant, même si elle releva une bonne trentaine d'endroits qui représentaient autant de cachettes potentielles pour le petit peuple des tomtes. Dehors, la tempête avait repris de plus belle. À l'abri des colères de la nature, avec son père à ses côtés, Wilma soupira d'aise. Cependant, le vent gémissant psalmodiait une plainte sans fin. La fillette frissonna. Et si ce n'était pas le vent ?... Le petit peuple des lutins vivait dans la nature, à cet instant même des tomtes dansaient peut-être une farandole parmi les rondins de la réserve de bois, guettant le moment propice pour envahir la cabane. Une peur panique la submergea, paralysant ses muscles, sa respiration et ses pensées de crainte d'attirer l'attention des êtres malfaisants qui attendaient leur heure. Elle aurait voulu faire taire les battements sourds de son cœur qui s'étaient brusquement accélérés. Des secondes interminables s'égrenèrent. Puis, comme rien de fâcheux ne se produisait, Wilma finit par se calmer. Elle ne craignait rien, voyons ! Quel lutin – si doué soit-il – serait assez fou pour affronter son robuste père !

Elle reprit sa lecture, non sans une certaine appréhension, prête à bondir à la moindre manifestation d'une vie cachée, et accueillit avec soulagement le départ de l'enfant avec le jars domestique Martin pour rejoindre une bande d'oies sauvages migratrices. La présence de ces animaux qu'elle connaissait la rassura. Elle les voyait chaque année, au printemps et à l'automne, ponctuant le ciel de chevrons plus ou moins denses et allongés. Elle entendait d'ailleurs souvent leurs cris avant de les apercevoir. Leur passage faisait partie des repères qui rythmaient son année. Les oies annonçaient le printemps court et bouillonnant, la débâcle du « Minissippi », l'éclosion de la vie. Plus tard, elles signalaient également la fin d'un automne fugace, la neige et les grands froids, la nature endormie. Leurs vols se succédaient sur plusieurs semaines, avec des pics pendant deux ou trois jours. Le bruit de leurs criaillements de jour comme de nuit devenait insupportable. Et puis soudain, tout redevenait calme ; une saison s'achevait.

Wilma assista aux efforts démesurés du jars Martin pour se montrer à la hauteur de la troupe conduite par une oie sauvage au nom fabuleux, Akka de Kebnekaise, afin de lui prouver qu'une oie de ferme pouvait être bonne à quelque chose.

La fillette acheva bientôt le second chapitre qui se concluait sur la première nuit de Nils dans le froid glacial de l'hiver suédois. La troupe d'Akka l'avait adopté grâce à son courage pour libérer l'oie des crocs du renard Smirre.

« Wilma, viens mettre la table ! »

L'appel de son père lui fit instantanément réintégrer le monde réel. Elle bondit de son lit, humant enfin la délicieuse odeur de lard et de pommes de terre grillées qui se répandait dans la cabane, un plat qu'elle affectionnait tout particulièrement. Son père parlait peu, mais il avait régulièrement ce genre d'attentions à son égard. En un instant, le couvert fut dressé, comme par magie ! Surpris par la soudaine vivacité de sa fille, John sortit la poêle fumante de l'âtre, en partagea rapidement le contenu entre leurs deux assiettes, puis la suspendit dans la cheminée où elle continua à fumer en grésillant.

Wilma et son père, assis face à face, chacun sur un banc, débutèrent le repas en silence. Pas de bénédicité, ni de préséance visant à conforter le statut de l'adulte. Pas comme chez Mme Brighton, chez laquelle elle avait séjourné et où elle avait été réprimandée pour avoir commencé avant tout le monde sans attendre la prière. Ce qui avait suffi pour réduire à néant toute possibilité d'une relation normale avec son hôtesse.

Le lard fondait dans sa bouche et les pommes de terre rissolées étaient succulentes. Wilma, mourant d'envie de partager sa lecture avec son père, lança :

« C'est vraiment une aventure extraordinaire, tu sais ! »

John ne répondit pas et ne leva même pas la tête.

Sans se décourager, la fillette continua :

« Pourquoi les oies sauvages volent-elles en V, papa ? Dans mon histoire, elles sont commandées par une femelle âgée. Cela se passe comme ça en vrai ?

— Oui, elles ont toujours un chef pour les guider, distribuer les postes et tours de garde quand elles sont posées au sol et décider, après discussion, du moment et du lieu des haltes pendant leur migration. Un peu comme une sorte de pilote qui coordonnerait les actions du groupe. Tu vois, lorsque tu entends leurs cris, c'est parce qu'elles "discutent" en permanence, échangeant leurs avis sur un tas de sujets. »

Wilma s'était arrêtée de manger, fascinée. Son père s'exprimait rarement avec autant de verve. Et il confirmait ce qu'elle venait de lire. Ainsi, les oies se parlaient ! Tout était donc vrai ! Mais alors, se dit-elle, soudain effrayée, le tomte était vrai, lui aussi ?

Pour chasser ces idées inquiétantes, la fillette reprit :

« Elles se disent bonjour comment, les oies ?

— Oh ! Elles caquètent d'une façon spéciale.

— Ah... Et pour prévenir qu'un renard les menace ?

— Elles caquètent plus vite et plus fort.

— Tu sais parler aux oies, toi ?

— Bien sûr que non ! C'est impossible ! Elles ont un langage à elles que seule une oie peut comprendre.

— Tu crois que je pourrais apprendre ? »

John ne répondit pas. Ça y est, c'est reparti, se dit-il. J'aurais mieux fait de me taire. Il sentait que les questions sur les esprits des bois, du vent et des eaux n'allaient pas tarder et s'apprêtait à abréger leur échange quand Wilma le surprit d'un :

« Tu ne m'as toujours pas dit pourquoi les oies volaient en V. »

Il réfléchit et finit par répondre :

« On pense que c'est pour faciliter les conditions de vol de la troupe. La première ouvre la voie. Ainsi, c'est plus facile pour les autres, moins fatigant. D'ailleurs, ce n'est pas toujours le même oiseau qui est en tête. Si tu regardes bien, tu t'aperçois que la forme n'est pas tout le temps symétrique, le V a souvent un côté plus long que l'autre et pas toujours le même. C'est que l'oiseau immédiatement à gauche ou à droite du meneur prend le relais et passe en tête à son tour. Et ainsi de suite... »

Wilma n'en revenait pas, elle qui croyait que son père ne s'intéressait au comportement des animaux que pour mieux les capturer, elle découvrait qu'il les observait également... pour le plaisir. Comme elle !

Enthousiasmée par les réponses de John, et sa volubilité inattendue, elle osa poser une nouvelle question :

« Tu m'as dit un jour que les Indiens avaient des animaux totems et des drôles de noms du genre "loup-qui-hurle". Tu m'as dit aussi qu'ils faisaient des danses bizarres et qu'ils racontaient qu'ils communiquaient avec leur animal totem. Tu crois qu'ils savent parler avec les oies sauvages ? »

Et voilà ! John s'était fait piéger par sa fille. Il termina rapidement son assiette sans lever les yeux puis entreprit de débarrasser la table, mettant fin à leur conversation.

Wilma ne comprenait pas ce silence brutal qui s'installait parfois entre eux. Elle se leva, prit son assiette vide et la porta à son père qui lavait sommairement la sienne avec une poignée de sable de la rivière. Toute sa vivacité avait disparu. Elle se dirigea vers son lit, enfila sa chemise de toile grossière et se glissa sous l'édredon en lui adressant un « bonne nuit » empreint de tristesse. John se retourna et, avec un sourire, vint déposer un baiser sur son front. Apaisée mais fatiguée par toutes les tensions et émotions de la journée, Wilma s'endormit rapidement.

John, qui nettoyait avec minutie sa carabine – dans la nature, où il n'y avait pas de place pour l'improvisation, disposer d'une arme en parfait état de fonctionnement était la meilleure chance de rester en vie – à l'aide d'un chiffon légèrement huilé, repensait à sa conversation avec Wilma. Sa fille était attirée par le... spirituel. Oui, c'était bien le mot qui convenait pour les croyances de Wilma. Au fond, peut-être cherchait-elle à se construire un monde dans lequel elle se sentait vivante, active ? Un monde qui la rassurait après la disparition de sa mère. John remonta les pièces huilées de la carabine, la rangea dans le râtelier et se coucha à son tour sur ces pensées inhabituelles.

Le sommeil de Wilma fut peuplé de cauchemars. Elle voyait son père, transformé en tomte, parler à des castors pour mieux les tuer ensuite. Les castors hurlaient et elle comprenait ce qu'ils disaient : ils insultaient son père. Mme Brighton était là également qui cancanait comme une oie !

Le feu finissait de se consumer dans l'âtre tandis que de faibles lueurs rougeoyantes dansaient sur les murs. Tout était silencieux. Même la tempête était retombée. La nature semblait retenir son souffle en attendant le printemps tout proche.

Wilma fut tirée de son sommeil par le bruit de son père qui fouillait les cendres à la recherche de braises incandescentes. La fillette détaillait chacun de ses gestes. C'étaient les mêmes qu'elle avait faits la veille en se levant. Elle les avait calqués sur ceux de son père, suivant un rituel quasi religieux. Elle attendit, blottie, ne laissant dépasser que le haut de sa tête. Chaque matin d'hiver, c'était la même chose. Au cours de la nuit, le feu s'éteignait invariablement, quelle que soit la quantité de bois apporté au foyer. John parvint à rallumer le feu en peu de temps. Une timide flamme s'élança, bientôt suivie d'une multitude d'autres. Wilma trouva que la reprise avait été particulièrement rapide et facile. L'évidence s'imposa : elle n'arrivait pas à faire aussi bien que lui, c'était incontestable ! Il avait certainement un secret qu'il ne lui avait pas transmis.

Au bout de quelques minutes, elle eut le courage de sortir ses bras, puis se redressa et goûta le spectacle des flammes qui léchaient le bois crépitant. Elle aperçut son livre et s'en empara, engloutissant aussitôt les chapitres trois et quatre qu'elle jugea assez ennuyeux. Elle ne comprenait pas, était-ce Nils lui-même ou le tomte qui ramenait une portée de jeunes écureuils à leur mère emprisonnée dans une cage ? Que venait faire l'histoire des rats noirs et des rats gris ? Était-ce encore lui le joueur de fifre qui entraînait les rats gris loin des greniers à blé de Glimmingehus ? La fillette retint cependant qu'Akka comptait de nombreux amis parmi les bêtes sauvages et possédait ainsi un grand pouvoir sur la nature.

Wilma arriva au chapitre cinq, intitulé « La grande danse des grues à Kullaberg ». Les grues ? De quel gnome fantasque ou animal mythique pouvait-il s'agir ? Impatiente d'en savoir plus, elle nota au passage une étrange coïncidence : la date de ce chapitre indiquait « Mardi 29 mars ». Or, le 29 mars, c'était aujourd'hui ! Fidèle à sa logique, Wilma y vit aussitôt un signe du destin. De nouveaux horizons l'attendaient, elle en était sûre.

Le chapitre démarrait par la description du Kullaberg, une presqu'île aux flancs battus par les flots, propice à toutes sortes d'aventures naturelles ou surnaturelles. Sa description lui conférait un caractère fantastique : des murailles, des précipices et des pics ouvragés par les éléments, des phénomènes incessants comme l'écume des vagues, le bruissement de l'eau sur les galets, le sifflement du vent dans les entrailles de la terre. S'y retrouvait une improbable assemblée d'animaux qui se regroupaient au lever du jour, par espèces, suivant un appel immémorial : la convocation des grues ! Une trêve était imposée à cette occasion : aucune proie n'avait à craindre l'attaque d'un prédateur pendant le rassemblement.

Plongée dans sa lecture, Wilma ne voyait pas que son père l'observait à la dérobée. Assis à la grande table, il triait les peaux rapportées la veille. Il prenait soin de les déplier avant que la chaleur ne durcisse le cuir, dépréciant ainsi les précieux trophées. Il lui faudrait ensuite sortir pour les laver, les assouplir, avant de les enduire de graisse et de les laisser sécher dans le réduit prévu à cet effet, à l'abri du vent et du gel. Amusé, John constatait à quel point le livre passionnait sa fille. Elle en avait lu une partie avant de se coucher et commençait sa journée en poursuivant sa lecture. Il était enchanté que son cadeau lui ait plu, et qu'elle lise assidûment, alors que c'était son seul apprentissage scolaire. Il se sentait heureux d'être enfin à ses côtés. Il ne put s'empêcher d'esquisser un sourire, ce qui était rare chez lui depuis la disparition de Marjorie. La vision de sa fille assise dans son lit lui faisait du bien.

Les nuages se succédaient sur le Kullaberg, chaque fois plus imposants comme la taille des oiseaux qui les composaient, corbeaux, coqs de bruyère et oiseaux d'eau. La troupe d'Akka arriva la dernière et se posa au sommet de la colline réservée aux oies. Les espèces paradaient les unes après les autres tandis que l'assemblée s'impatientait en attendant les grues qui devaient assurer le clou du spectacle.

Wilma assista, médusée, à un nouveau forfait de Smirre, le renard qui, pour se venger de son échec face à la bande d'Akka, tua une oie en pleine assemblée, commettant ainsi l'irréparable ! Pris sur le fait, il fut aussitôt banni à vie de l'assemblée et condamné à errer sans famille ni amis.

La fillette éprouva un sentiment de compassion à son égard. Elle qui vivait seule avec son père, elle devinait aisément ce que pouvait représenter une solitude absolue, dans l'exil, rejeté par les autres. Et son observation des loups l'avait amenée à comprendre que les animaux, comme les humains, avaient besoin de vivre ensemble, de partager des tâches et même d'avoir des chefs !

Les odes au printemps et autres ballets aériens et terrestres se poursuivaient sur la montagne de Kullaberg. Les cerfs qui succédaient aux oiseaux s'affrontèrent en entrechoquant leurs bois, testant leur puissance et cherchant à montrer leur virilité. Selma – oui, elle décida qu'elle l'appellerait ainsi désormais, cette femme qui lui procurait tant de plaisir qu'elle se l'imaginait comme une amie – voulait sans doute parler d'une espèce ressemblant aux wapitis des forêts canadiennes. Wilma aurait pu les raconter, ces combats d'amour qui se déroulaient en automne. Les mâles, après avoir rapidement évincé les plus jeunes, trop inexpérimentés et dotés de courtes ramures, s'affrontaient, les muscles saillants, en faisant résonner leurs brames au sein d'arènes ancestrales. Les biches, regroupées aux alentours, indifférentes à l'issue de ces joutes, broutaient paisiblement. De temps à autre, inquiétées par un bruit de branche, de galop soudain ou de halètement, elles s'interrompaient, redressaient la tête, orientaient leurs oreilles pour identifier la source de la perturbation, puis reprenaient leur occupation. Tout changeait quand les combats commençaient. Le claquement sec et répété des bois s'entrechoquant affolait les femelles qui s'enfuyaient en bondissant. Les adversaires donnant le maximum de puissance à leurs coups s'élançaient simultanément, ferraillant comme de véritables escrimeurs, tournant pour déséquilibrer l'adversaire, cherchant une faiblesse. Le combat se terminait lorsque l'un d'entre eux, acceptant le verdict de l'épreuve, renonçait, abandonnant la place au vainqueur qui n'attendait plus que l'honneur de perpétuer l'espèce par ses accouplements multiples et brutaux.

Wilma revivait ce spectacle auquel elle avait assisté au milieu d'effluves puissants où se mêlaient les odeurs des bêtes sauvages, de la sueur émanant des corps surchauffés, de leurs semences mélangées à la terre, du sous-bois humide, couvert de mousses et de champignons mûrs, des troncs morts pourrissants et gorgés d'insectes qui les rongeaient. À travers ces sensations sauvages, ces émotions, Wilma se sentait en harmonie avec la nature. Elle en faisait partie, elle en était un élément.

Sur le Kullaberg, les cerfs avaient cessé leurs combats. Alors, un murmure s'éleva :

« Les grues arrivent ! »

C'était comme un enchantement. Les grands oiseaux gris filiformes apparurent, glissant dans la brume matinale. Ils paraissaient faire corps avec l'air tant leur aisance était grande. Chez eux, tout était finesse et fluidité, beauté et grâce, légèreté et charme. La pointe de leurs ailes était agrémentée de plumes souples et écartées comme les doigts d'une main qui donnaient l'impression que les oiseaux s'appuyaient délicatement sur l'espace, le pénétrant avec facilité dans un éternel équilibre. L'aigrette rouge de leur nuque apportait une touche d'élégance tel un bijou, un signe d'appartenance à une élite ou à un club très fermé. Dans la plaine silencieuse, toutes les espèces, muettes, assistaient au prodige. Aucun des animaux présents n'aurait su dire à quel moment les grues se posèrent tant elles paraissaient se fondre dans le ciel, la terre, les éléments et le temps. Nul n'aurait pu davantage préciser quand leur danse nuptiale commença. Elles se livrèrent à de divines arabesques ponctuées de sursauts destinés à leur faire reprendre de l'altitude. Parfois, deux oiseaux se frôlaient du bout de l'aile ou volaient l'un au-dessus l'autre, dans une parfaite symétrie. Les grues tournoyaient légèrement sur elles-mêmes, comme saisies d'une ivresse passagère. Malgré leur envergure imposante, les oiseaux démontraient une vivacité stupéfiante.

À peine posés, les couples poursuivaient leurs ébats sous le regard de leurs congénères. Le mâle et la femelle se faisaient face et réalisaient un pas de deux gracieux, rituel amoureux suivant un protocole, un cérémonial et des figures bien établies. C'était à la fois sauvage et langoureux. Dans l'assemblée, la danse éveillait des désirs d'absolu, d'éternité et de passion.

Une émotion extraordinaire envahit Wilma mot après mot. La beauté décrite dans ces lignes lui semblait appartenir à un autre monde hors du quotidien. En observant la nature, elle avait tour à tour ressenti l'admiration, la peur, la haine, l'amour, la compassion, le bonheur. Mais ce passage évoquait autre chose qui allait bien au-delà de ce qu'elle pouvait imaginer, qu'il lui fallait découvrir. Elle se promit de voir un jour les grues de Selma, de les regarder danser. Elle se sentit soudain pleine d'une force indestructible. Rien ne pourrait l'arrêter, elle avait l'avenir devant elle. Sa décision et les sentiments qui l'accompagnaient furent confortés par les dernières phrases du chapitre, bien qu'elle n'en saisît pas tout le sens : « Cette nostalgie de l'inaccessible, de ce qui est caché au-delà de la vie, les animaux ne la ressentent qu'une fois par an, et c'est en voyant la grande danse des grues. »

Wilma referma très lentement le livre, bouleversée. Elle le posa à côté d'elle et s'abandonna au fil de ses pensées. Les grues, contrairement aux tomtes et autres lutins, devaient exister puisque tous les autres animaux que Selma citait existaient bel et bien. Y avait-il des grues au Canada ? fut la question qui lui vint immédiatement à l'esprit. Elle se tourna aussitôt vers son père pour la lui poser et s'interrompit, bouche bée : son père la regardait et, événement extraordinaire, il souriait !

« Allons, Wilma, vas-tu te décider à te lever ? » lança-t-il.

Comme elle ne répondait pas, John poursuivit :

« Tu n'as pas faim ce matin ?

— Oh, si, papa ! J'ai une de ces fringales ! »

Elle se leva d'un bond et le rejoignit.

« Qu'est-ce que tu attends ! Sors les bols ! » lui intima son père sans se départir de son sourire.

Wilma battit une nouvelle fois des records de vitesse. Tout fut prêt en quelques instants alors que le jour commençait à poindre. Il lui tardait de poser à son père la question qui lui brûlait les lèvres.

Wilma était plongée dans ses pensées, ses yeux fixant un improbable point derrière le feu. Ils mangeaient lentement, profitant de ce moment partagé. La fillette se dit que quelque chose avait changé entre eux. Son père était moins tendu, plus présent. Lui, d'ordinaire si pressé de partir s'occuper de l'entretien des pièges, du nettoyage des peaux ou du rangement de son matériel, prenait visiblement son temps.

De son côté, John réfléchissait. L'expérience qu'il avait vécue la veille dans le *wild* avait laissé des traces, battant en brèche ses certitudes. Alors que tout lui semblait régi par des règles immuables, il s'apercevait soudain qu'il y avait une part d'imprévisible dans son monde. Cet imprévisible, il avait envie de le qualifier… d'affectif. C'était un sentiment nouveau pour lui. Ou plus exactement un sentiment retrouvé qui lui fit revisiter ses moments de tendresse avec Marjorie. L'absence de sa femme lui était toujours aussi insupportable. Elle lui manquait terriblement. Pourtant, cette fois, il n'essaya pas de chasser ces pensées tristes ; il les accueillit, les accepta comme une vague de douleur à laquelle il était inutile de résister. John regarda sa fille. Il s'avoua combien il tenait à elle, elle qui représentait tout ce qui lui restait d'un amour désormais réduit à des souvenirs. Il se reprocha de ne pas lui montrer assez qu'il l'aimait. Peut-être même doutait-elle de son amour paternel !

Apparemment, elle était bien loin de ce genre de réflexions.

« Papa, lui demanda-t-elle soudain, dans le livre, Selma parle de grues qui dansent. Il y a des grues chez nous ?

— Qui est Selma ?

— C'est elle qui a écrit le livre.

— Des grues ?... Chez nous ? D'abord, tu dois savoir que ces oiseaux font de longs déplacements entre leurs quartiers d'hiver dans le Sud et les territoires où ils nichent au printemps...

— Comme les oies ? l'interrompit Wilma.

— Oui, c'est ça.

— Alors, on en trouve par ici ?

— Bien sûr ! Tu ne les as jamais vues ? En volant, elles claironnent un genre de “kroûh-kroûh”, “kroûh-kroûh”. Elles arrivent chez nous fin avril. En général, on voit surtout une espèce toute grise, de la taille d’un gros héron, la sandhill. Elles s’installent plutôt vers l’ouest, même si parfois on en trouve quelques-unes dans le coin, poussées par les vents. L’autre espèce, la grue blanche, est encore plus rare. Je ne sais même pas s’il en reste ! C’est sans doute pour cela que tu n’en as jamais vu. Elles sont magnifiques ! Et très grandes, elles mesurent plus d’un mètre cinquante !

— On les chasse ?

— Oui, pourtant leur chair n’est pas bonne. Trop ferme, avec un arrière-goût bizarre, très fort.

— Pourquoi n’y en a-t-il presque plus ?

— Je ne sais pas exactement. Des Indiens m’ont dit qu’on en trouvait beaucoup autrefois, même si elles n’ont jamais été aussi nombreuses que les sandhills. Personne ne sait où elles nichent. C’est pourtant forcément dans la région puisqu’elles repartent avec leurs petits ! Je me suis demandé si ce n’était pas dans les marais qui ont l’avantage d’être inaccessibles.

— Tu les as déjà vues danser ?

— Danser ? Où es-tu allée pêcher une idée pareille ? Dans ton livre encore ?

— Oui, répondit crânement Wilma. Et c'est très beau.

— Je ne les ai jamais vues qu'en plein vol, par groupes de deux ou trois, jamais davantage. Mais pourquoi danseraient-elles ? »

John lui-même fut surpris par sa question. En d'autres temps, il aurait balayé la suggestion de sa fille en lui disant que cette danse était une invention de l'auteur pour embellir son récit et envoûter le lecteur crédule. Pourtant, cette fois, il avait d'emblée accepté la danse des grues comme une réalité, lui qui prétendait qu'il ne croyait qu'à ce qu'il voyait.

« Pour saluer l'arrivée du printemps et des accouplements ?

— Les coqs de bruyère gonflent leur poitrine pour attirer les femelles. Les buses rousses se poursuivent dans le ciel et s'agrippent parfois par les serres. Mais on ne peut pas dire qu'ils dansent !

— Cela ressemble à un ballet tout de même ! Non ? »

Wilma avait décidément beaucoup d'imagination. Assimiler les parades nuptiales des oiseaux à des danses ! Au fond, avec un regard un peu naïf, pourquoi pas ?... Il décida, pour une fois, de ne pas gâcher les illusions de sa fille.

« Si tu veux. En tout cas, je ne l'ai jamais vue, cette danse des grues. Si elles le font, c'est sur les lieux de nidification qui sont inaccessibles, comme je te l'ai dit, insista-t-il.

— J'aimerais tant la voir... dit Wilma, rêveuse.

— Qui sait, tu auras peut-être cette chance, un jour ? Mais tu peux déjà commencer à observer le ciel. Les grues ne devraient pas tarder, elles suivent en général le "Minissippi" au petit matin ou le soir avant la tombée de la nuit. »

Un silence paisible s'installa entre eux, l'un et l'autre livrés à leurs pensées. Wilma n'en revenait pas. L'attention, la patience et l'ouverture d'esprit dont avait fait preuve son père étaient inattendues. Elle avait l'impression qu'ils avaient davantage bavardé dans ces dernières vingt-quatre heures qu'au cours des années précédentes. Elle repensa au serment qu'elle s'était fait quelques minutes auparavant. Après cet échange, elle se sentit encore plus forte et déterminée : tout était possible ! Tout *lui* était possible.

Depuis le retour du trappeur, il régnait un froid sec, vif et intense, le thermomètre passant régulièrement la barre des 30 °C au-dessous de zéro, une température exceptionnelle à cette époque de l'année. John profita de ces conditions stables pour poser une dernière fois des pièges, mais ne s'éloigna pas de la cabane. D'abord, il n'en avait pas envie. Ensuite, il savait que les conditions climatiques pouvaient changer brutalement et rendre impossible tout déplacement en traîneau. Il lui faudrait alors marcher sur des sols fangeux, instables et dangereux. Enfin, la saison de trappe touchait à sa fin et il avait suffisamment de peaux de très belle qualité ! Cependant, cet épisode glacial qui empêchait la reproduction signifiait qu'il pouvait encore prélever quelques bêtes avant que les femelles ne soient pleines – après, il faudrait songer à préserver le capital pour les saisons futures.

Le froid se maintint durant presque tout le mois d'avril. L'air, dépourvu de toute humidité, était parfaitement transparent sous un ciel d'un bleu limpide. Les jours, toujours un peu plus longs, s'écoulaient sous un soleil radieux qui étincelait sur la neige immaculée et la glace bleutée.

Cet hiver qui n'en finissait plus désolait Wilma. Elle avait cherché en vain à apercevoir les grues blanches, elle savait que ces oiseaux ne se risqueraient pas dans la région dans de pareilles conditions climatiques.

Le 27 avril, tout bascula.

La veille, la pleine lune avait brillé. Wilma adorait ces soirs-là. Parce que c'était autour de la pleine lune d'avril que retentissaient les hurlements des loups, premiers appels à la vie alors que le manteau blanc recouvrait tout. Parce que la lumière de Sélène sur la neige gelée ou la glace du « Minissippi » était si belle. Parce que la pleine lune annonçait les changements. La fillette avait alors supplié son père de l'emmener pour une courte sortie au bord du « Minissippi » figé. Ils parcoururent l'étendue devant la cabane puis longèrent la rivière sur quelques dizaines de mètres. La lune trônait sur la cime des conifères, énorme, alors qu'elle se trouvait au plus près de la terre. Dans cette atmosphère que le froid rendait cristalline, le disque jaune, constellé du bleu de ses mers, irradiait une lumière irréelle qui chassait l'obscurité mieux que le pâle soleil des nuits de plein hiver. Nul besoin d'éclairage pour se déplacer.

De temps à autre, la buée que formaient leurs souffles nimbait l'astre d'un halo diaphane. Wilma était heureuse de partager ce moment de contemplation avec son père, même s'ils n'échangèrent pas un mot. Bientôt, cependant, il fallut rentrer. Il devenait dangereux de vouloir continuer à résister au froid. Mais il était dit que cette soirée serait extraordinaire. Plus au nord, le ciel se voila comme envahi par le brouillard. Et l'air, qui n'était pourtant pas chaud, sembla trembler. Aucun de ces phénomènes ne correspondait à cette fin de saison hivernale et sèche... John comprit ce qui se passait mais se tut, préférant laisser à sa fille la joie de la découverte. Les chiens, qui manifestaient leur excitation depuis un moment, se mirent à gémir. Petit à petit, des lignes apparurent. Plus claires que le ciel au début, elles disparaissaient en une fraction de seconde. Peu à peu, alors qu'elles semblaient descendre tout droit de la voûte céleste, elles formèrent des voiles luminescents bien visibles désormais. Ils paraissaient figés par moments et ondulaient à d'autres. Progressivement, le phénomène envahit tout le ciel. Les draperies, oscillant du doré à l'émeraude, se mirent à vibrer, donnant l'impression de danser pour la lune, indifférente à ce déferlement de couleur et de mouvement. Ce fut le bouquet final. Faute d'avoir réussi à séduire l'astre des nuits, les nappes de lumière ralentirent leur mouvement, se firent plus rares et finirent par s'éteindre. Wilma, saisie par le froid, contempla, stupéfaite, émerveillée, ce phénomène fantastique.

Elle murmura d'une voix si basse que son père ne put l'entendre : « On se saura jamais qui était derrière les rideaux. » Ils reprirent le chemin de la cabane et du feu bienfaisant. Il était temps. Leurs lèvres, leurs doigts, leurs orteils commençaient à bleuir malgré toutes leurs précautions vestimentaires. Avant d'entrer, Wilma se retourna une dernière fois. Dans le ciel, il ne restait que la lune, comme si rien ne s'était passé.

« Qu'est-ce que c'était, papa ?

— Une aurore boréale.

— Mais comment...

— Je ne peux pas te répondre. Tout ce que je sais, c'est que les chiens les détestent, ils se mettent parfois à hurler à la mort. Les loups n'aiment pas cela non plus. Les chevaux s'agacent. Elles sont pourtant sans danger... Enfin, je crois.

— Tu crois qu'elles annoncent quelque chose ? Un changement de temps, par exemple ? précisa-t-elle, inquiète de la réaction possible de son père à la première partie de sa question.

— Peut-être... On verra bien », répondit, évasif, John.

Un tas de légendes couraient au sujet des aurores boréales. Qu'elles étaient signe de malheur, qu'elles ensemençaient la terre de graines de vie avant le printemps, qu'elles étaient une émanation de Dieu ou des esprits... En bon trappeur, John savait que la pleine lune pouvait s'accompagner de grands changements de température, surtout après la longue période d'extrême stabilité qu'ils venaient de traverser. Mais il n'avait aucune prise sur ces éléments.

Il considéra à regret l'idée que sa fille aurait une lecture tout autre de l'aurore boréale accolée à la pleine lune et qu'elle y verrait un signe du destin.

Effectivement, Wilma interpréta le phénomène cosmique de la soirée comme un augure. Elle était convaincue que tout s'accélérait. Il y avait eu le retour de son père, pressenti, il y avait le livre avec les grues. Et maintenant, une aurore, un soir de pleine lune ! Aucun doute. Des temps nouveaux s'annonçaient. Et ce fut sur ces réjouissantes pensées qu'elle s'endormit.

Au matin du 27 avril, Wilma sortit de bonne heure afin de dresser un bilan de la situation. Rien ne semblait avoir changé : le froid était toujours aussi vif, le ciel aussi bleu et l'atmosphère aussi transparente. La lune, à peine visible en raison du rayonnement solaire, était présente, même si elle disparaissait à l'horizon. Pourtant, Wilma en était sûre, même si elle n'aurait su dire pourquoi, quelque chose se préparait. Finalement, le froid se fit un peu moins mordant, malgré le vent qui s'était levé et agitait la cime des arbres, venu du Pic de l'Ours. Son père lui avait expliqué à plusieurs reprises que ce vent-là naissait en mer, apportait le redoux puis la débâcle du « Minissippi ». Au loin, quelques nuages encore minuscules se formaient, narguant le soleil qui avait perdu sa superbe des jours précédents. Le printemps arrivait, cela ne faisait plus aucun doute pour Wilma. Il lui fallait donc se préparer à rejoindre son point d'observation préféré pour la débâcle qui allait intervenir dans quelques jours tout au plus. Cette année, elle avait un nouvel objectif : scruter en même temps le ciel à la recherche des grues blanches.

Ce soir-là, le vent souffla avec force. Le lendemain, les premiers craquements annonciateurs du dégel se firent entendre. Tout alla très vite. Autant l'hiver avait semblé s'éterniser dans les semaines précédentes, autant le printemps déferla sur un tempo tout aussi inhabituel. Dans l'après-midi, la neige se mit à tomber à gros flocons, signe que la température avait considérablement augmenté. Wilma sortit consulter le thermomètre en fin de journée : – 5 °C !

Vingt-cinq degrés gagnés d'un coup ! La fillette, qui avait presque trop chaud, retira une partie de ses vêtements, à la fois lasse et prête à l'action, comme la nature. La neige l'avait empêchée de se rendre à son point d'observation et il lui tardait d'y retourner. Impatiente, perturbée par la brusque évolution météorologique, elle eut beaucoup de difficultés à s'endormir et son sommeil fut très agité.

Le matin du 28, son père la trouva debout bien avant qu'il ne fasse jour. Le vent s'était un peu calmé et la pluie avait remplacé la neige. John s'inquiéta de la rapidité du réchauffement printanier. Cela allait trop vite, bien trop vite ! À ce rythme, la neige allait fondre en quelques heures, les ruisseaux gelés se gonfler en une journée et la débâcle prendre des proportions catastrophiques. Profitant d'une accalmie, il sortit consulter le thermomètre : 8 °C ! Un tel écart de température en si peu de temps était impensable. Il eut beau chercher dans ses souvenirs, il ne trouva rien de comparable. Et il n'avait jamais entendu personne rapporter un épisode d'une telle ampleur. Le trappeur dut pourtant se rendre à l'évidence : le phénomène était encore plus rapide qu'il ne l'imaginait. Il descendit au bord du ruisseau. Au-dessus de la glace, encore très épaisse, s'écoulait un filet d'eau transparent. John évalua la situation. Avant de choisir l'emplacement de la cabane, il avait bien sûr anticipé la débâcle et ses débordements, mais il se demanda s'il avait vu assez large. Après une longue hésitation, il jugea que oui. Toutefois, par précaution, il envisagea un éventuel repli vers les hauteurs de la forêt. Il s'enfonça dans celle-ci, trouva rapidement un endroit propice à un campement provisoire, puis retourna aux côtés de sa fille. Profitant d'une nouvelle interruption de l'averse, il lui demanda de l'aider à préparer le minimum nécessaire. Il fallait confectionner des ballots de peaux, empaqueter quelques provisions et objets utiles ou auxquels il tenait. Wilma comprit l'urgence de la situation. Ils exécutèrent leurs tâches en échangeant peu de paroles, parfaitement accordés, comme si tout avait été planifié de longue date. En moins d'une heure, tout fut prêt. John avait soigneusement enveloppé la photo encadrée de Marjorie. De son côté, Wilma avait religieusement drapé le livre de Selma dans la peau tannée qui lui avait servi d'emballage. La pluie redoubla d'intensité à la mi-journée. Contraints à l'inactivité, ils en profitèrent pour déjeuner.

La fillette constata que son père était de nouveau très silencieux, sans doute préoccupé par la situation, craignant de perdre sa récolte de l'hiver et ses maigres biens. John était en fait bien plus inquiet que cela. La nature, il la connaissait bien, elle était sa seule source de revenus, lui dispensant ses bienfaits, mais elle pouvait se révéler très dangereuse et il craignait ses colères. La débâcle du « Minissippi » en particulier, mais aussi les tempêtes qui dévastaient les forêts, rendant les passages impraticables, arrachant les branches et les troncs ; ou les pluies diluviennes qui transformaient les ruisseaux en torrents de boue et les averses continues qui s'insinuaient partout, finissaient par faire moisir la nourriture, vous glacer les os et vous rendre malade. Oui, John était inquiet. Aussi, dès qu'une accalmie se profila, il reprit ses préparatifs.

Quand le matériel et les chiens furent transférés, le trappeur retourna au bord de la rivière. Son cours s'était considérablement élargi, et la glace était désormais fissurée. Le ruisseau commençait à réoccuper son lit et l'eau, limpide ce matin, avait pris une teinte ocre.

Le père et la fille éprouvèrent tous deux des difficultés à dormir cette nuit-là. Les éléments avaient repris de la vigueur, le vent scandait ses longues plaintes, la pluie redoubla, martelant le toit et les carreaux et la chape blanche ou bleue de l'hiver n'en finissait pas de frémir, de craquer et de gémir. D'habitude, Wilma aimait ces bruits, seulement, cette fois, la brutalité et la rapidité des événements l'impressionnèrent. La cabane était écartelée sous les assauts du printemps tandis que la nature, pressée, voulait se libérer de son carcan gelé et affichait avec véhémence son envie de retour à la vie. L'hiver s'était prolongé bien au-delà du calendrier et le printemps, un moment soumis, explosait littéralement.

Toute la nuit, les murs tremblèrent comme la membrure d'une nef ballottée par la houle. John épiait chaque son, y cherchant un indice qui pouvait le renseigner sur la situation. À l'approche de l'aube, le bruit enfla. La glace éclatait de toutes parts, les rochers se détachaient des berges devenues instables pour tomber avec un grand fracas sur la glace en propulsant des éclats sonores sur des centaines de mètres tendus sous la pression.

Lorsque Wilma et son père se levèrent, il ne pleuvait plus. La fillette consulta le thermomètre : toujours 8 °C. Il était probable qu'un refroidissement survienne après cet épisode anormalement doux. John contempla le paysage. Le ciel était bas, chargé de lourds nuages noirs donnant un aspect lugubre aux arbres encore dévêtus. Le vent avait cessé également, mais ce changement était passé inaperçu en raison des bruits du dégel. Le débit du ruisseau était maintenant considérable. Il charriait des pierres, des branchages et surtout de la boue. Ce qui restait de la glace se trouvait pour l'essentiel sous le flot, contribuant à l'entretenir et à l'amplifier. Le trappeur nota que le niveau atteint était tout de même moins important qu'il ne l'avait craint. La cabane ne risquait pas grand-chose, restait à suivre l'évolution du torrent au cours des prochaines heures. Il fit le tour de leur habitation, en inspecta les structures et conclut qu'elle avait parfaitement résisté. Poursuivant son état des lieux, il rejoignit le campement de fortune et les chiens qui l'accueillirent avec force jappements à son arrivée. Des branchages, pas très gros, jonchaient le sol à la suite des rafales de vent. C'était tout ce que la tempête avait réussi à emporter jusque-là. Quelques arbres étaient bien tombés, mais à une telle distance que leur chute n'avait eu aucune conséquence. Tout semblait en ordre. Les chiens étaient mouillés, mais leur épaisse fourrure les avait protégés et ils seraient très vite secs. John leur distribua quelques morceaux de pemmican qu'ils se disputèrent âprement, puis examina le matériel, confirmant sa première impression : il n'y avait pas de dégâts. Juste un simple nettoyage à faire quand le calme serait revenu. Rassuré, il regagna la cabane devant laquelle Wilma l'attendait.

« Papa, c'est pour aujourd'hui, n'est-ce pas ?

— Oui, ça ne va plus tarder.

— Je peux aller à mon observatoire ? »

John leva les yeux sur le ciel toujours aussi menaçant, plus noir que jamais. Les deux dernières années, il l'avait laissée aller à son « observatoire », comme elle disait, la débâcle progressive ne présentant aucun danger. Seulement, les conditions climatiques étaient très différentes cette fois. De plus, les années précédentes, leur cabane était nettement plus proche de l'observatoire. Il fallait désormais vingt bonnes minutes pour s'y rendre et le parcours était probablement semé d'obstacles déposés par le vent.

Wilma attendait la réponse avec inquiétude et impatience. Inquiétude, car le temps de réflexion de son père se prolongeait et l'issue en était incertaine. Impatience, car les signes annonciateurs de la débâcle se multipliaient. Elle estima qu'il lui restait très peu de temps : une demi-heure, une heure tout au plus.

John jugea qu'après tout, ils n'avaient pas grand-chose d'autre à faire. Par ailleurs, l'« observatoire », un énorme rocher en granit, n'avait aucune chance de se détacher. Tout ce qu'ils risquaient, c'était une bonne averse. S'ils avaient de la chance, le voile se déchirerait pour laisser filtrer quelques rayons de soleil. Au pire, ils essuieraient une ondée. Rien de grave. Aussi finit-il par lâcher :

« D'accord, mais je t'accompagne. »

Les embûches furent plus nombreuses que prévu sur leur trajet. Des zones entières de taillis étaient tombées comme si la tempête avait choisi ses victimes, donnant des coups de griffes ici ou là dans le manteau forestier. La plupart avaient en commun des sols peu épais, gorgés d'eau. Dans ces conditions, les arbres avaient du mal à développer le réseau de racines garantissant leur ancrage et, dès que le vent dépassait sa vitesse moyenne habituelle, c'était l'hécatombe. Dans d'autres endroits, il était plus difficile de comprendre pourquoi certains arbres avaient chuté et d'autres pas, même si les particularités du relief en étaient sans doute en partie responsables : collines dépassant le niveau moyen, cirques bordant le « Minissippi » et orientés face au pic de l'Ours.

Il leur fallut plusieurs fois rebrousser chemin pour contourner des entrelacs de troncs, enjamber des chablis. C'est seulement au bout de trois quarts d'heure qu'ils parvinrent à leur objectif. Les bruits avaient encore crû en intensité. La formidable tension accumulée dans les glaces était perceptible. Les événements se précipitèrent. John et sa fille eurent à peine le temps de s'asseoir sur leur promontoire. Aussitôt, le grondement sourd si caractéristique de la débâcle se fit entendre. Le sol trembla. Aucun doute, le spectacle allait être grandiose. Elle imagina la vague qui approchait. Le bruit devint assourdissant. La glace éclatait et les déflagrations se succédaient à un rythme de plus en plus soutenu. Effrayée, surprise par la force des éléments, la fillette se serra contre son père qui arborait une expression tranquille. Le « Minissippi » pouvait bien s'énerver tant qu'il voulait, ils étaient hors d'atteinte. Autour d'eux, l'air semblait maintenant exploser. Des geysers d'eau soulevaient la glace par endroits, fragilisant la gangue blanche. Dans une symphonie fantastique de claquements, craquements et roulements, les troncs d'arbres qui précédaient la vague de boue, de glace et d'eau faisaient gicler d'énormes blocs de glace qui se fracassaient les uns contre les autres. Le cliquetis des galets accompagnait le flot, comme les tambours un corps d'armée. La lame passa devant eux, indifférente à leur présence comme à leur ébahissement devant l'ampleur, la puissance et la rapidité du phénomène. En quelques minutes, le grondement s'apaisa. Le « Minissippi » charriait maintenant tout un tas de matériaux dans un flux constant. Les bruits avaient changé, moins forts, plus réguliers. Ils étaient désormais ponctués d'un son très particulier qu'on percevait enfin dans l'accalmie...

Ce fut Wilma qui les aperçut la première alors qu'ils n'étaient encore que de minuscules points clairs dans le ciel noir. Puis les oiseaux – ils en comptèrent trois – se rapprochèrent. Ils semblaient voler sans effort, avec des battements larges, légers et souples, entrecoupés de longs moments de vol plané. Cette vision correspondait parfaitement à la description des grues par Selma ! Il ne pouvait donc s'agir que de ces échassiers. Mais étaient-elles blanches ou grises ?

Les oiseaux continuaient de se diriger vers leur observatoire. Pour deux d'entre eux, il n'y avait plus aucun doute ; ils étaient blancs !

Quelques secondes encore et ils purent distinguer les pointes noires du bout des immenses ailes blanches, les pattes tendues sous le corps, et enfin leur tête. Lorsqu'ils passèrent près de leur promontoire, Wilma et John, qui retenaient leur souffle, aperçurent la couronne rouge et noir qui ornait délicatement leur tête et la bande rouge derrière leur bec alors qu'un rayon de soleil perçait à travers les nuages. L'oiseau qui fermait le groupe était différent. Son plumage, bien que tirant vers le blanc, semblait sale, terne et gris. Wilma le compara aux jeunes cygnes qui mettent une année au moins à acquérir leur livrée immaculée. L'oiseau tourna la tête. Pas de couronne ni de bec colorés dignes de ce nom. Quelque chose clochait. L'une de ses pattes présentait un angle bizarre, sans doute était-elle tordue. Une malformation ou les séquelles d'une blessure ? Les trois grues firent entendre leur étrange bruit de trompette. Wilma sentit un frisson lui parcourir la nuque puis l'envelopper de la tête aux pieds, lui donnant le sentiment de décoller du sol. Ses yeux s'embuèrent ; elle venait de remplir une partie de la promesse qu'elle s'était faite ! Les oiseaux poursuivirent leur route au-dessus des flots boueux et, bientôt, ils devinrent à nouveau de minuscules points blancs. La fillette regarda son père. Lui aussi, hypnotisé, fixait l'endroit où les oiseaux venaient de disparaître. Wilma se rendit compte qu'elle avait complètement oublié le bruit du « Minissippi » en rage pendant ces quelques minutes, comme si un silence solennel avait entouré le passage des grues.

Il leur fallut plusieurs minutes pour se lever enfin, rompre l'enchantement et reprendre la direction de la cabane.

Dans les jours qui suivirent, Wilma se rendit à plusieurs reprises sur son promontoire en espérant voir d'autres grues blanches. En vain.

Tous les détails de cette première rencontre qui allait marquer son destin étaient restés gravés dans sa mémoire. Elle pensait tout particulièrement à l'oiseau blessé. Ce signe distinctif lui permettrait de le reconnaître entre mille. Wilma, qui avait rapidement terminé la lecture du *Fabuleux voyage de Nils Holgersson à travers la Suède*, décida de l'appeler Akka comme pour sceller sa promesse.

Il lui fallut attendre la fin de l'hiver suivant pour commencer à la mettre à exécution. Cette année-là, la piste de son père avait croisé celle d'un vieil ours affamé. Faute d'avoir pu accumuler des réserves suffisantes pour son hibernation en raison de sa dentition réduite, celui-ci avait dû reprendre sa quête de nourriture très tôt dans la saison. Mais les mulots et les campagnols étaient tapis au fond de leurs galeries sous la neige, les poissons somnolaient sous la glace. Quant aux bulbes graisseux des crocus, rien ne permettait de les détecter, et le plantigrade voyait ses forces décliner. Tenaillé par la faim, il avait pris l'habitude de prospecter les pièges de John. Le trappeur, habitué à ce genre de visites qui provoquaient beaucoup de dégâts et le privaient de peaux, développait pourtant de multiples précautions lors de leur mise en place, s'éloignant des pistes et des zones fréquentées par les grands prédateurs, faciles à détecter grâce aux traces de marquage de territoire. John veillait aussi à ne pas laisser d'empreintes olfactives sur ses pièges ni aux abords.

Il avait tout de suite remarqué qu'un ours les avait visités. L'ampleur des dégâts matériels occasionnés ainsi que les traces de pattes dans la neige étaient sans équivoque. Après en avoir déplacé un grand nombre, en vain, il en avait vite déduit qu'il avait affaire à un ours non seulement affamé, mais aussi âgé et expérimenté. Le trappeur se montra plus attentif aux traces, aux odeurs, aux bruits. De plus, sa carabine ne le quittait pas.

Pendant deux semaines, tous les pièges d'un secteur de trappe furent saccagés les uns après les autres. À contrecœur, malgré le manque à gagner, John s'apprêtait à les enlever quand le pillage cessa. Il renonça donc à son projet et réalisa d'excellentes prises dans la semaine qui suivit : des animaux en pleine santé, avec une fourrure parfaite, sans aucun accroc !

Au bout de quinze jours, John se dit que l'ours était mort ou parti à la recherche de terres plus favorables et il reprit peu à peu le cours habituel de ses occupations.

Un soir, alors qu'il terminait sa tournée dans un secteur à proximité de la cabane, se pressant pour être de retour avant la nuit, son traîneau, chargé de peaux, s'arrêta dans la clairière où se trouvait le dernier piège qu'il devait relever. Malgré sa saison exceptionnelle, John songeait, préoccupé, que si les autres trappeurs avaient connu des conditions aussi favorables que lui, les prix allaient probablement chuter... Les chiens s'immobilisèrent sans s'adonner à leurs habituels rituels de soumission et de reconnaissance accompagnés de coups de langue et de frétillements de queue, soudain aux aguets, regardant dans toutes les directions comme s'ils avaient repéré une présence. Mû par son instinct, John sortit la carabine de son étui avant de se diriger vers le piège dans lequel une magnifique zibeline gisait, tuée sur le coup, la peau absolument intacte. Le trappeur posa sa carabine contre un jeune arbre puis entreprit d'écarter les mâchoires qui s'entrouvrirent sous sa pression, libérant la dépouille déjà raidie par le froid.

Il se redressa, alerté par un grondement sourd suivi d'aboiements frénétiques. Il tourna la tête. Là, à moins de cinq mètres de lui, se dressait un ours au pelage terne, usé comme une vieille pelisse.

Le trappeur lui fit face en prenant garde à ne pas provoquer l'animal par une attitude trop arrogante. Celui-ci, debout sur ses pattes postérieures, ouvrait une gueule menaçante sans cesser de grogner. John vit peu de dents et un seul croc. Il n'était pas tiré d'affaire pour autant. Il fit quelques pas, très lents, pour se rapprocher de son arme. L'ours retomba sur ses quatre pattes et parut se calmer. John poursuivit sa manœuvre tout en surveillant l'animal du coin de l'œil, puis il s'arrêta. L'animal se décida à avancer vers le piège. Aussitôt, John reprit son périple. Trop tôt sans doute, trop vite aussi. Se ravisant, l'ours fit demi-tour et chargea. Le trappeur, s'enfonçant jusqu'aux genoux dans la neige molle, arriva près de l'arbre, saisit la carabine et se retourna, mais l'ours fut plus rapide. Avant que John n'ait pu esquisser le moindre geste, il lui flanqua un énorme coup de patte sur le haut du torse. Le souffle coupé, titubant à reculons sous la violence du choc, John tira puis s'écroula et sombra dans l'inconscience.

L'ours retomba alors sur ses pattes et, abandonnant le combat, s'en alla d'un pas presque tranquille, dédaignant la zibeline et adressant des grognements menaçants aux chiens qui, prudents, battirent en retraite.

Quand John recouvra ses esprits, dans une lumière blafarde, les chiens, roulés en boule dans la neige, n'étaient déjà plus que des masses sombres indistinctes. La douleur était insupportable, chaque inspiration lui arrachait une plainte comme si on lui plantait un couteau dans le flanc. Il voulut se redresser, des points blancs vacillèrent devant ses yeux, il se sentit partir, murmura « Wilma... » puis s'évanouit.

Lorsqu'il reprit à nouveau connaissance, il faisait nuit. Un minuscule croissant de lune auréolé de nuages diffusait une clarté insignifiante. John, engourdi par le froid, avait un peu moins mal. C'était une chance et en même temps cela indiquait que la température de son corps était en chute libre.

Il parvint à se redresser, retira sa moufle et tâta sa poitrine. Sur sa peau insensible, presque gelée, il détecta une plaque de sang coagulé sur une surface relativement limitée. Cela le rassura en partie. En partie seulement, car la douleur qu'il ressentait ne correspondait absolument pas à cette blessure limitée. La violence du choc avait été telle qu'il devait avoir une côte cassée au minimum et son bras paraissait touché.

Il lui fallut près d'une demi-heure pour rejoindre le traîneau autour duquel les chiens avaient repris de l'activité dès qu'ils l'avaient vu se lever. Ils lui firent aussitôt la fête par des démonstrations qui lui arrachèrent de nouvelles plaintes. Affaibli, sans voix, il eut du mal à contenir leur élan. Il se sangla et parvint à lancer les chiens à une allure très modérée. La cabane n'était qu'à un quart d'heure, mais le trajet lui parut interminable, chaque cahot lui faisant subir le martyre.

Il était plus de minuit lorsqu'il arriva. Wilma apparut aussitôt sur le pas de la porte. Elle s'était beaucoup inquiétée de son retard et, en voyant qu'il parvenait à peine à quitter le traîneau, elle poussa un cri et se précipita pour l'aider.

Après les premiers jours passés à récupérer et à se soigner, John s'était résigné à se rendre à Fort Chipewyan pour consulter un médecin. Même s'il se sentait un peu mieux et que la douleur avait diminué, il ne retrouvait toutefois pas de véritable sensation dans son bras, dont l'amplitude de mouvement s'était réduite. Impossible de le monter à l'horizontale ou de l'étirer vers l'arrière. Il chargea à grand-peine ses fourrures de la saison sur le traîneau. Il souhaitait profiter de son séjour en ville pour les vendre si les prix lui paraissaient corrects. Wilma dut l'aider à plusieurs reprises, ce qui l'agaça. Il se sentait encore assez fort pour s'acquitter de sa tâche, seul, malgré la douleur.

La saison avait vraiment été prodigieuse. Les peaux étaient nombreuses, en parfait état, soyeuses. En d'autres temps, cela l'aurait réjoui. Cette fois, des pensées noires l'accablaient ;

c'était peut-être la dernière fois qu'il chassait. Il repoussa cette idée avec vigueur, termina les préparatifs et partit sans même se retourner sous les yeux d'une Wilma qui le contemplait, la gorge nouée. Dans quel état retrouverait-elle son père ?

John, qui arriva plein d'espoir à Fort Chipewyan, reçut le diagnostic du médecin qu'il consulta comme un coup tout aussi violent que celui de l'ours. Oui, la plaie était superficielle, et n'avait pas touché ses organes vitaux. Non, l'articulation n'était pas déboîtée. Mais l'animal avait déchiré les ligaments et tendons de son épaule, de façon définitive. Il devait cependant s'estimer heureux : le poumon avait été épargné !

Sur le chemin du retour, John mesura les conséquences de cette annonce. Il avait besoin de toutes ses forces pour exercer son travail. Guider le traîneau pendant de longues courses, couper du bois, tendre les pièges, tout cela nécessitait une parfaite condition physique. Et il ne l'avait plus. Il ne pouvait plus continuer son métier de trappeur ! Alors que c'était toute sa vie ! Il ne connaissait que cela ! Quitter les grands espaces dans lesquels il vivait en quasi-autarcie ? Intégrer la collectivité fourmillante des grandes villes ? Mais Fort Chipewyan lui était déjà insupportable au bout de quarante-huit heures ! Il ne s'y rendait que pour l'essentiel : vendre ses peaux, acheter des cartouches, du matériel et de la nourriture destinée à améliorer l'ordinaire.

La souffrance intérieure de son père dans les semaines qui suivirent marqua Wilma : elle le vit lutter de toutes ses forces contre le verdict inéluctable en prenant soin d'appliquer régulièrement des onguents, de se masser longuement et de s'astreindre à des exercices physiques quotidiens au prix de souffrances qui se lisaient désormais sur son visage. Ses yeux avaient perdu leur éclat. Et quand le printemps arriva, la fillette trouva son père assis dehors, sur un tronc déposé par le « Minissippi », sombrant dans une morosité morbide dont rien ne semblait pouvoir le tirer, alors que Wilma essayait d'alléger sa peine en prenant en charge tout ce qu'elle pouvait.

Il fallut la visite inattendue de James, un ami de John, plus âgé d'une dizaine d'années, pour entrevoir enfin une éclaircie. James leur expliqua qu'il venait dans un but précis. Il sentait ses forces décliner et réfléchissait à une autre activité pour ses vieux jours. C'était la raison de sa venue. John l'écoutait d'une oreille distraite. Sa présence lui faisait plaisir, mais il était incapable d'éprouver la moindre curiosité pour autrui maintenant que son propre avenir lui paraissait sans issue. James lui rappela une conversation qu'ils avaient eue deux ans auparavant. Avec l'accession d'une partie de la population des villes à un niveau de richesse inégalé, une frange sans cesse croissante de la bourgeoisie aisée s'adonnait à la chasse au grand gibier, dans les territoires du Nord-Est. La demande était en forte croissance, au point que deux ou trois trappeurs qu'il connaissait avaient abandonné leur activité et s'étaient reconvertis en guides de chasse. L'activité se révélait particulièrement lucrative. Dans les territoires francophones, un nom avait même vu le jour pour définir cette nouvelle forme de tourisme réservé à une élite fortunée : les pourvoiries. Il s'agissait bel et bien de pourvoir en émotions, en trophées et en aventures des clients, oisifs tout ou partie de leur temps, qui trouvaient là une occupation comme une autre.

James précisa sa pensée. La vente des fourrures lui avait rapporté suffisamment pour qu'il se décide à monter une pourvoirie. Il pensait acheter un petit bateau à moteur pour transporter les chasseurs, aménager deux ou trois cabanes et se lancer dans l'aventure commerciale après avoir obtenu les autorisations nécessaires de la part du gouvernement. Il aurait aimé associer John à son entreprise. Il fallait agir vite car une nouvelle idée du rapport de l'homme à la nature commençait à faire son apparition : la protection de celle-ci. Un premier parc national avait vu le jour aux États-Unis, dédié à la préservation de paysages grandioses, limitant une partie des activités humaines qui s'y exerçaient. Des rumeurs de projets de parcs au Canada circulaient et James estimait que, tôt ou tard, la porte se refermerait, comme il le disait. Il était donc urgent de saisir cette opportunité.

John l'écouta avec un sentiment de rage croissant. James n'avait sans doute pas mesuré l'ampleur de son handicap et il s'apprêtait à lui assener la vérité de sa situation quand son ami prit les devants :

« Tu n'es pas obligé de me répondre aujourd'hui. Je comptais prospecter des territoires de chasse plus au nord. Nous en reparlerons à mon retour si tu veux. »

Le visage du père de Wilma perdit un peu de sa crispation. Il répondit néanmoins d'une voix dans laquelle perçait encore une certaine exaspération :

« Tu ne comprends pas! »

Il agita son bras blessé, ce qui lui arracha une grimace :

« Je ne suis plus bon à rien! Tes cabanes, qui va les construire? Qui va abattre les arbres, écorcer les troncs, les monter à la force des bras?

— J'y ai pensé, répondit James d'un ton posé, tout en interprétant la réponse de John comme une manifestation de son intérêt pour le projet. Il existe suffisamment de cabanes dans un état acceptable pour disposer d'un certain nombre de points de chute dans un premier temps. Et nous pourrons engager du personnel... Mais on en reparlera... »

James repassa près de trois semaines plus tard. John paraissait plus calme. Il ne broyait plus du noir à longueur de journée et semblait accepter son sort. Il avait fini par examiner la proposition de son ami tout en réfléchissant à l'avenir de Wilma. L'enfant était intelligente, curieuse, il devait l'envoyer à l'école s'il ne voulait pas qu'elle devienne l'une de ces femmes des bourgades reculées, fanées avant l'âge par les nombreuses grossesses, entourées de marmots et délaissées par leurs maris, piliers de bar. Des femmes sans futur, sans perspectives. Wilma méritait une bonne éducation. Il décida de lui offrir des études quel qu'en soit le prix. Et pour cela, il n'y avait qu'une solution : s'associer avec James. La précarité de sa situation actuelle, l'avenir de Wilma et l'occasion offerte par son ami réclamaient une décision urgente !

Il se dépêcha de l'annoncer à James qui arbora un grand sourire, heureux que son ami le rejoigne dans son entreprise. Ils commencèrent aussitôt à rentrer dans les détails de l'organisation et du financement.

C'est ainsi que Wilma les trouva à son retour de promenade au bord du « Minissippi », alors que les yeux de son père avaient retrouvé leur éclat. Bien entendu, elle ne se doutait pas de ce qu'il allait lui annoncer lorsqu'il déclara d'un ton grave :

« Assieds-toi, Wilma, j'ai à te parler. »

Wilma obtempéra. En quelques mots, son père l'informa de sa décision de travailler avec James, ce qui ravit la fillette. Rassurée, elle imaginait déjà avec bonheur leur nouvelle vie quand John lui fit part de sa décision concernant son avenir. Ce fut comme une douche d'eau glacée ! C'était impossible ! Sa vie était au milieu de la nature, depuis toujours, et son père voulait l'envoyer faire des études à la ville pour qu'elle y reçoive une éducation convenable. Wilma l'écouta dans un silence consterné. Puis, devinant qu'elle ne pourrait le faire changer d'avis, elle sortit de la cabane, sans un mot. Tout lui parut soudain irréel, indistinct, l'embrasure sous le soleil, l'onde verdoyante des arbres de la forêt, le murmure du ruisseau… Cet univers dont elle allait être privée, qu'elle ne verrait bientôt plus !

DEUXIÈME PARTIE

Wilma fut envoyée en pension chez Mme Brighton, qui se montra ravie à l'idée d'avoir réussi à convaincre John d'éloigner l'enfant du monde sauvage et de lui faire dispenser une instruction de vraie demoiselle. Mme Brighton, qui avait promis à son père de consacrer tout son temps à cette besogne, entreprit de modeler Wilma, tirée à quatre épingles dans des vêtements serrés qui entravaient ses mouvements, plus proches d'un uniforme que d'une tenue réellement seyante, en une fillette docile. Elle tenta d'inculquer les bonnes manières à sa protégée : la politesse, la discrétion, et s'efforça de lui donner quelques notions de couture et autres travaux ménagers afin de faire d'elle une parfaite maîtresse de maison. Mme Brighton rêvait en secret de voir John plus souvent grâce à la présence de Wilma et espérait, en s'occupant de la fille, s'attirer les bonnes grâces du père.

Wilma éprouva les pires difficultés à s'intégrer dans son école. Habituée depuis sa prime enfance à une autonomie quasi illimitée, il lui fallut apprendre à respecter les règles, les horaires et les autres. Sauvage, d'un naturel insolent, elle devint rebelle. Dès qu'elle le pouvait, elle s'échappait de la classe ou de chez sa tutrice pour courir les bois tout proches, en sentir les odeurs, écouter les chants, toucher les écorces. Toutes les remontrances de son père n'y changèrent rien.

Au grand dam de Mme Brighton, John se fit de plus en plus rare, la pourvoirie se révélant un franc succès. Comme James l'avait prévu, ils avaient embauché du personnel, si bien que les deux hommes consacraient le plus clair de leur temps à prospecter leurs terrains de chasse. Leurs équipées étaient longues car les trappeurs conservaient leur logique : prélever les intérêts sans ruiner le capital. Pour satisfaire leurs clients, ils privilégiaient donc les femelles qui n'étaient plus en âge de se reproduire, les mâles adultes qui avaient déjà eu plusieurs descendants et les jeunes sujets dont une grande partie mourraient de toute façon au cours de la première ou de la seconde année de leur vie. Lors de haltes prolongées, ils profitaient de la nature, qui restait le cœur de leur vie. S'ils faisaient parfois le coup de fusil, c'était pour prêter main-forte à leurs hôtes, dépassés par les événements. Ils ne chassaient que pour se nourrir pendant leurs équipées et préféraient désormais profiter du spectacle de la vie. En 1922, le Parc national du bison des forêts fut créé, mais, alors que la totalité de la pourvoirie se trouvait à l'intérieur du parc, ils réussirent à maintenir leurs activités malgré les nouvelles contraintes.

Après l'école de Fort Chipewyan, Wilma intégra un internat où elle passa six années interminables. Dans les longues lettres qu'elle écrivait à son père, elle lui racontait ce qu'elle appelait son « exil » : la sensation continuelle d'étouffement, la cruauté des autres élèves venues de milieux aisés, les brimades permanentes dont elle était victime. Elle lui disait combien lui manquait le « Minissippi », la cabane, la forêt... sans oser ajouter, par pudeur, qu'à maintes occasions, elle aurait aimé retrouver ses bras.

Malgré sa solitude, elle vécut pourtant sans angoisse les modifications de son corps qui la connectèrent de nouveau avec la nature et ravivèrent son désir de liberté, de vie, de sensations. Les douces aubes printanières la trouvèrent ainsi nue dans l'herbe humide de rosée, grisée par le printemps et le tumulte qui bouillonnait dans ses veines, s'enivrant des fragrances douces-amères, accueillant les délicieux frissons glacés qui parcouraient le bas de ses reins comme une transe bienfaisante.

Haletante, frémissante, offerte aux caresses du vent, elle restait complètement immobile, faisant corps avec la terre, s'imbibant de la sève, accumulant sa prodigieuse énergie. Puis, tout à coup, l'incongruité de la situation lui sautait aux yeux. Elle se redressait alors, saisissait ses vêtements éparpillés sur les branches et les enfilait fébrilement comme si sa vie en dépendait, tout en jetant des regards inquiets autour d'elle. L'instant d'après, elle était redevenue l'adolescente sage, concentrée sur sa réussite scolaire.

Elle résidait à plus de deux cents kilomètres de chez elle et ne rentrait plus qu'une fois par an. C'était la seule occasion de revoir son père, qui demeurait toujours aussi peu prolixe et expansif. Wilma se demandait parfois d'ailleurs si elle n'avait pas rêvé leurs longs échanges sur les grues. John semblait toujours heureux de la voir, mais ne le manifestait guère. L'âge lui allait bien, ses cheveux et son immuable barbe désormais blancs lui conféraient une certaine sérénité. Il avait fini par s'accommoder de son léger handicap au point qu'il fallait être très observateur pour le déceler dans la vie de tous les jours.

Après l'internat, Wilma, suivant en cela la décision de son père qu'elle ne remit pas un instant en cause, poursuivit ses études à l'université. Elle réussit à imposer cependant le choix de la filière qu'elle voulait suivre. John aurait aimé qu'elle se dirige vers l'économie, la gestion, la comptabilité. La jeune fille, qui ne parvenait toujours pas à s'intégrer au monde urbain, plaida son amour de la nature en le masquant derrière des considérations très sérieuses sur l'élevage, l'agriculture et la chasse, et finit ainsi par le convaincre de la laisser s'inscrire en biologie, matière qui lui offrirait des débouchés tout en lui fournissant la motivation nécessaire.

Cette voie l'obligea à quitter pour la première fois le Canada. Elle intégra l'université de Houston, au Texas, le 6 octobre 1928, le jour de ses vingt ans, logeant dans une petite chambre sur le campus qu'elle partageait avec une étudiante en fin de cursus. Elle eut du mal de nouveau à s'intégrer dans un groupe, préférant passer le plus clair de son temps libre dans le parc de l'université ou la forêt toute proche. C'était là qu'elle révisait ses cours, rédigeait les essais que lui demandaient ses professeurs et échafaudait des plans pour l'avenir, quand elle ne se livrait pas à ses escapades matinales, explorant de nouvelles sensations inconnues.

Grâce à ses cours, elle put se familiariser avec une notion qui l'intéressa au plus haut point, la disparition des espèces animales et les premiers efforts mis en place pour enrayer ce phénomène. Elle avait souvent entendu James et son père discuter de la gestion du « capital » et des « intérêts », de son importance pour la survie de leur métier. Elle se souvenait des informations que John lui avait fournies sur la raréfaction des grues blanches sans pouvoir leur attribuer une cause. Même si elle était très jeune à cette époque, elle avait tout retenu.

L'étudiante retrouva les termes de « capital » et d'« intérêt » dans ses cours sur la dynamique des populations. Ce que son observation de la nature lui avait appris de façon intuitive apparut bientôt sous forme de théories, d'équations et de courbes : dès qu'une espèce présentait un taux de reproduction insuffisant pour compenser les pertes dues à différents événements, naturels ou autres, ses effectifs se réduisaient. Si la situation perdurait, l'extinction était l'issue finale.

Passionnée par le sujet, Wilma passa des heures dans la bibliothèque de l'université, consultant tous les articles relatifs à cette matière avec l'avidité d'un esprit curieux d'explorer ce nouveau monde. Elle fut frappée par quelques récits qui renforcèrent sa conviction qu'il fallait agir au plus vite pour éviter la disparition d'autres espèces ! Wilma apprit le sort du dodo, oiseau sans ailes de l'île Maurice, disparu à la fin du XVIIe siècle, vingt ans après sa découverte par des Européens. Elle parcourut les témoignages sur la destruction du dernier couple et du dernier œuf de grand pingouin, sur l'île d'Eldey, au large de l'Islande, en 1844. Elle fut consternée par les circonstances entourant la disparition du caracara de Guadalupe, dont les derniers spécimens furent tués au cours d'une campagne scientifique de renouvellement d'animaux empaillés, en 1901. Elle découvrit enfin l'extinction probable, à la veille de la Première Guerre mondiale, de deux espèces emblématiques des États-Unis : le pigeon migrateur et la perruche de Caroline. Le premier rassemblait pourtant des nuées de plusieurs dizaines de millions d'individus quelques décennies auparavant.

Plusieurs documents citaient les associations créées en vue de protéger certaines espèces.

Parmi celles-ci, elle remarqua rapidement la Société d'Audubon, fondée en 1886. Elle trouva à la bibliothèque les exemplaires de la revue éditée par l'organisation. Wilma se passionna ainsi pour le naturaliste qui lui avait donné son nom : Jean-Jacques Audubon, français d'origine, devenu par la suite John James Audubon. Subjuguée, elle détailla les splendides illustrations qu'il avait réalisées tout au long de sa vie. Elle y retrouva la grue blanche ainsi qu'une multitude d'espèces qu'elle avait pu apercevoir mais dont elle ignorait le nom officiel.

Elle apprit que Jean-Jacques Audubon avait d'abord étudié la faune du marais proche de chez lui, à Couëron, près de Nantes, en France, avant que son père ne l'envoie en Amérique, pour l'initier au monde des affaires et le mettre à l'abri de la Révolution. La vocation du jeune Audubon étant de devenir artiste animalier et naturaliste, non d'être un homme d'affaires, il arpenta une grande partie du continent pour peindre un véritable catalogue de la faune nord-américaine.

Au gré de ses lectures, Wilma ne manqua pas de noter que les deux prénoms du peintre étaient les mêmes que ceux de son père et de son ami. Une coïncidence à laquelle elle attribua, toujours aussi déterministe, une signification importante, sans se douter un instant que ce clin d'œil de la vie la remettrait sur la route d'Akka à plus de quatre mille kilomètres de sa première observation.

Dans l'un des numéros de la revue, Wilma s'arrêta sur un article concernant la grue blanche, rédigé avec un sens dramatique aigu. L'auteur paraissait bouleversé par la destinée de cette espèce dont il décrivait par ailleurs la chorégraphie des danses avec poésie, fougue et admiration. Sa conclusion était sans appel : dans une poignée d'années tout au plus, la grue blanche d'Amérique rejoindrait la liste des espèces disparues à jamais. Dans ce document, les effectifs étaient estimés à trois cents individus tout au plus ! Deux ou trois populations distinctes étaient mentionnées : une première, sédentaire, en Louisiane ; une seconde, migratrice et reproductrice, dans le centre des États-Unis ; et une dernière, alternant les périodes de reproduction au Canada et le séjour hivernal sur la côte du Texas.

Akka venait donc passer l'hiver au Texas ! s'étonna Wilma. La suite de l'article précisait le lieu exact : Aransas, une ville, vérifia-t-elle aussitôt, qui se trouvait à environ trois cents kilomètres de l'université !

Wilma frémit. Si l'auteur disait vrai, les trois oiseaux qu'elle avait observés en compagnie de son père au bord du « Minissippi » représentaient un pour cent de la population totale de l'époque, et les survivants fréquentaient une zone humide proche de l'endroit où elle vivait maintenant!

Quand Wilma reposa la revue sur la table de lecture, le soir tombait. Elle sentit de nouveau monter en elle une pulsion de vie, une révolte et une soif d'action. Elle se souvint du serment qu'elle s'était fait à elle-même, enfant. Ce soir-là, elle sut qu'elle allait pouvoir lui donner tout son sens, maintenant qu'elle était adulte : elle allait sauver la grue blanche d'Amérique!

En cette première moitié du XXe siècle, dans les rares universités mixtes, la population étudiante était encore en grande majorité masculine. Mais si le flirt était décrié par la morale et les filles particulièrement surveillées chez elles, la situation se révélait toute différente sur le campus. Wilma était devenue une belle jeune fille. D'une taille supérieure à la moyenne, elle était svelte, élancée, gracieuse. Avec sa démarche féline, elle semblait se faufiler dans le monde comme elle se fondait dans la nature. Son visage était doux. Ses cheveux, mi-longs et très clairs, accentuaient la finesse de ses traits. Malgré sa tenue très classique, sans fantaisie ni décorum, elle était une femme très attirante.

À l'internat, réservé aux filles, elle avait longtemps cultivé un caractère indépendant, fier, sauvage. Aussi, tout en l'observant à la dérobée, les garçons l'avaient laissée tranquille. De son côté, mettant à profit ses premiers contacts avec des représentants du monde masculin de son âge, elle en avait profité pour décortiquer en douce, avec une approche de naturaliste implacable, leurs mœurs. Ils lui parurent gauches, un peu benêts, se livrant à des jeux, souvent physiques, centrés sur la compétition. Elle avait ainsi assisté, médusée, à des joutes épiques ponctuées de provocations mettant en doute le courage, la force ou la virilité de l'adversaire, avec pour seul enjeu la prééminence au sein du groupe. Toutefois, Wilma remarqua que la situation prenait de tout autres proportions lorsqu'une fille apparaissait. Elle devenait d'abord le centre d'attention. Puis une sorte de tension montait et les duels redoublaient, plus violents, plus rapides. Chose étrange, ces garçons, habituellement calmes, devenaient des énergumènes des plus agressifs. Quolibets, insultes et injures pleuvaient en salves ininterrompues. Wilma estima qu'il y avait finalement assez peu de différences entre ce comportement et celui des wapitis par exemple qui, pour se reproduire, faisaient la démonstration de leur force, de leur courage, de leur virilité en s'affrontant dans des combats épuisants, parfois au péril de leur vie. Pendant ce temps-là, certains jeunes, évincés des arènes, profitaient de ces luttes qui monopolisaient l'attention des mâles dominants pour couvrir des femelles. Wilma jugea que la situation devait être identique chez les humains : face à la force brute, une once d'ingéniosité, de malice ou d'opportunisme pouvait aider à triompher !

Une fois à l'université, Wilma poursuivit ses observations. Les rares étudiantes étaient assidûment poursuivies par des « chefs de meute », avides de prouver leur supériorité à leurs troupes. Wilma, peu impressionnée par ces simulacres de séduction dépourvus de tout sentiment, devint rapidement la cible de ses condisciples masculins, exaspérés par son caractère inaccessible associé à sa beauté et à sa nature indépendante. Deux ou trois fois, quelques téméraires tentèrent un assaut, l'un essaya de l'embrasser par surprise ; un second entreprit de l'enlacer au détour d'un couloir ; un dernier envisagea même de glisser une main indélicate sous sa robe. Chaque fois, sa réaction brutale qui prit la forme d'une gifle magistrale signa l'arrêt définitif de ce genre d'approche.

Cependant, Wilma avait repéré un garçon qui semblait aussi sauvage qu'elle, souvent seul, ne cherchant jamais à importuner les filles ni à jouer des poings. À deux ou trois reprises, la jeune fille l'avait observé, assis au pied d'un arbre, imperméable au monde réel, absorbé dans une sorte de contemplation intérieure. Curieuse, attirée par lui, elle décida un jour de s'approcher. Il s'installait toujours au pied du même arbre, un vénérable cyprès chauve, qui croissait dans les zones humides et faisait remonter ses racines à l'air libre sous forme de moignons pour éviter l'asphyxie. L'adolescent, les yeux fermés, semblait dormir, sa poitrine se soulevant à peine. Wilma l'examina avec attention, appréciant son visage détendu, rassurant, encore enfantin, sa peau au grain fin, presque glabre et légèrement mate, qui semblait si douce qu'elle eut envie de la toucher. Elle avança une main puis s'arrêta et recula, confuse…

Comme Paul, car c'est ainsi qu'il se nommait, ne bougeait pas, elle poursuivit son étude. Il était mince, avec de longues jambes et des mains fines, élégantes, sensibles. De nouveau, Wilma eut envie de le toucher. Elle se rapprocha puis, persuadée d'être invisible, tendit le bras… Pour se retrouver collée à son beau dormeur qui la maintint d'une poigne de fer contrastant avec son apparence fluette. Terrorisée, elle tenta de se dégager. Paul murmura :

« Je veux bien te lâcher, mais promets de ne pas t'enfuir, s'il te plaît. »

La jeune fille acquiesça d'un signe de la tête. L'étudiant desserra son étreinte. Alors, comme un oiseau qui échappe aux griffes d'un prédateur, Wilma tendit son corps comme un arc et se releva, libre, s'éloignant à une distance suffisante pour garantir sa sécurité. Elle remit ses vêtements en ordre, vexée de s'être fait prendre la main dans le sac, le visage cramoisi, son cœur battant la chamade.

Sans un mot, Paul lui sourit, réduisant aussitôt à néant toutes ses envies de fuite, puis il lui tendit la main et l'invita à prendre place à ses côtés. Wilma hésita. Elle ne comprenait pas ce qui lui avait pris, elle d'habitude si méfiante, si distante, mais elle sentait bien que ce qu'elle éprouvait n'avait rien d'ordinaire. Ce besoin de toucher cet inconnu, cette attirance physique, ces émotions qui se traduisaient par des papillons dans le ventre dès qu'elle l'apercevait... Il était inutile de se mentir. À l'internat, la fille qui partageait sa chambre avec elle lui avait décrit ces symptômes, et avait mis un nom dessus : a-mou-reuse ! Elle était amoureuse !

Wilma cessa de lutter contre elle-même et s'assit à côté de Paul. Tout en se dévorant des yeux, ils échangèrent des propos banals, sur leurs études, leurs projets. Puis, sans qu'elle sache très bien comment, alors que les choses semblaient se dérouler dans une sorte de nébuleuse où tout était à la fois feutré et exacerbé, elle échangea, mue par un désir irrépressible, son premier baiser avec un inconnu dont elle ignorait presque tout, avant de se blottir contre lui, savourant ces nouvelles sensations.

Ils ne se quittèrent plus pendant deux ans. Une véritable harmonie, une étroite complicité, presque une symbiose régnaient entre eux, tandis qu'ils échangeaient leur passé, leurs sentiments, leurs idées. Leurs corps se frôlaient dans des sortes de danses rituelles ponctuées d'éclats de rire. Mais à la sensualité de Wilma répondait la prudence de Paul, à la fougue de la jeune fille, les caresses tendres du garçon, respectueux, décidé à attendre.

Ce fut grâce à Paul qu'elle put découvrir la ville d'Aransas. Lorsqu'elle lui avait parlé de sa passion pour la grue blanche, la réaction du jeune homme avait été immédiate. La description de Wilma correspondait parfaitement aux oiseaux dont lui parlait le garde-chasse de son père, riche industriel. Paul réussit même à dégoter une automobile pour se rendre sur place ! Un luxe que peu de gens pouvaient se permettre.

Pendant le voyage, Wilma goûta à la joie d'être véhiculée comme une dame, blottie contre Paul qui avait également apporté une paire de jumelles logées au fond d'un étui en cuir craquelé. Arrivés près du marais où le garde les attendait, après six heures de route, ils furent contraints de terminer à pied et marchèrent d'un bon pas près de trois quarts d'heure.

L'excitation de Wilma était à son comble. Pourtant, elle doutait encore que les oiseaux qu'on allait peut-être lui montrer soient des grues blanches. Elle savait qu'on pouvait confondre certaines espèces entre elles, surtout à distance. Agacé, le garde soutint qu'il allait bien lui montrer des grues blanches. Il en était absolument sûr. La description qu'il fit des huit oiseaux qu'il avait observés quelques jours auparavant accrut l'exaltation de la jeune fille. Elle crut rêver quand le garde ajouta que l'un des oiseaux boitait de la patte droite. Dix ans après leur première rencontre, Akka serait toujours vivante ? Le jeune oiseau claudiquant aurait survécu à tous ces hivers et traversé les périls de migrations successives sans encombre ?

Leur accompagnateur leur intima soudain le silence ! Ils approchaient de leur objectif. Leurs pas se firent plus précautionneux. Ils veillaient à ne pas écraser des roseaux secs pour éviter de se faire repérer par les oiseaux qu'ils ne voyaient pourtant toujours pas. Le sentier, tracé par des chasseurs sans aucun doute dans les phragmites, se rétrécit. Leurs pieds s'enfonçaient désormais dans une végétation spongiforme. Ils arrivèrent bientôt à proximité d'une grande prairie humide, comme l'indiquait le changement dans la végétation. Les roseaux se firent moins denses et des clairières de graminées, des saules, apparurent. Ils se déplaçaient maintenant à l'abri des bosquets de végétation haute. Quatre canards malards décollèrent bruyamment dans un froissement d'ailes et un concert de cancanements furieux. Les trois marcheurs s'immobilisèrent aussitôt en retenant leur souffle. Cette agitation pouvait provoquer une panique générale dans la faune. Mais le calme revint. Les trois compagnons reprirent leur progression. Ils touchaient au but, leur expliqua à voix basse leur guide. Les grues se trouvaient derrière la rangée de saules qui barrait la prairie devant eux. Il leur fallait donc franchir une large bande de terrain découvert avant de retrouver le couvert des arbres. La traversée de la zone dénudée sembla interminable. Ils rejoignirent les saules, privés de feuilles en cette saison, et se glissèrent délicatement entre eux afin de disposer d'un point de vue dégagé. Le garde leur indiqua d'un signe de tête une sorte de promontoire masqué par un arbre âgé dont le tronc fendu en deux était totalement creux. Il s'agissait visiblement d'un poste d'observation : l'herbe était piétinée tout autour. Wilma passa la première et commença aussitôt à scruter les environs. Le marais était vide. Nul besoin de jumelles pour constater qu'aucun échassier n'occupait le vaste espace qui s'offrait à leurs yeux. Paul, qui avait pris place à ses côtés, était également déçu, cela se lisait sur son visage. Le garde, en revanche, ne semblait pas surpris. Il expliqua brièvement que c'était normal, qu'il était encore un peu tôt, mais qu'elles n'allaient pas tarder.

Le court après-midi d'hiver avançait rapidement et Wilma se mit à douter de ses chances d'une nouvelle rencontre. Les conditions étaient pourtant idéales : un froid sec mais léger, un ciel bleu à l'envi, un soleil rasant qui éclairait le marais sur toute sa longueur et un vent faible qui soufflait dans la même direction.

Afin de calmer son impatience, Wilma interrogea le garde à propos des grues de cette région. Il lui apprit qu'elles venaient depuis toujours sur ce territoire de chasse, que leur nombre ne cessait de diminuer au fil des ans et que le phénomène s'accélérait depuis quelques saisons. L'homme expliqua que les grues arrivaient à Aransas à la fin du mois d'octobre pour y passer la saison froide en couples lorsqu'elles n'avaient pas eu de jeune dans l'année, ou en famille quand la reproduction avait été un succès, mais qu'il y avait également des individus seuls. Avant de repartir en migration, les couples établis resserraient leurs liens, d'autres se formaient, les plus jeunes étant tenus à l'écart. C'était l'occasion de parades très élaborées au cours desquelles les oiseaux rivalisaient d'effets de plumage, de postures et de concerts de claquements de bec.

La jeune femme buvait littéralement les paroles du garde-chasse qui devait avoir environ soixante ans, le visage buriné par la vie au grand air. Il faisait preuve d'une parfaite science des habitudes de l'espèce et ce qu'il décrivait correspondait aux danses dont parlait Selma Lagerlöf. Wilma savait que ce rituel du printemps existait bel et bien. Il lui tardait d'assister à la scène comme elle se l'était promis, enfant.

Le garde continua son récit en l'émaillant d'anecdotes, ravi d'avoir un auditoire captivé. Pourtant, il s'arrêta soudain au beau milieu d'une phrase, scrutant la prairie d'un air concentré. La lumière avait baissé alors qu'on était au milieu de l'après-midi, voilée par une légère brume qui se leva au-dessus du marais comme si elle surgissait de la terre à travers des failles invisibles.

Le garde-chasse, aux aguets, plaça les mains derrière ses oreilles comme s'il voulait agrandir leur pavillon, puis les mit en forme de coupe. Au bout de quelques secondes, il lâcha dans un souffle :

« Elles arrivent. »

Wilma et Paul, qui n'entendaient absolument rien, échangèrent un regard incrédule. Le garde les encouragea à l'imiter en plaçant leurs mains comme il venait de le faire. Ils s'exécutèrent et tendirent l'oreille. En vain. Voyant leur mine dépitée, le garde sourit, les engageant à persévérer. Puis il avança ses lèvres en cul-de-poule et émit des « kroûh-kroûh-kroûh » très doux pour leur indiquer le son qu'ils devaient chercher à distinguer parmi les bruits du marais. Wilma, qui jugea la scène irréelle, se demanda ce qu'en penseraient des spectateurs éventuels… Ils les auraient sans doute pris pour de doux rêveurs ou des illuminés.

Les secondes s'écoulaient et elle ne parvenait toujours pas à identifier le moindre son qui puisse ressembler au cri tant espéré. Elle se concentra pourtant, osant à peine respirer.

Un murmure... Si ténu que Wilma douta d'abord de ses sens. Une sorte de clapotis sonore qui s'étendait sur l'horizon, avec des échos. Le chant s'amplifia peu à peu, devint plus distinct. Ils le percevaient maintenant tous les trois. Le garde saisit les jumelles. La brume qui s'était épaissie recouvrait désormais le marais, laissant à peine quelques espaces découverts. Le soleil était très bas, à gauche de leur point d'observation.

Le garde-chasse désigna du doigt un point sur la droite. Wilma lui emprunta les jumelles et, en suivant ses indications, changea plusieurs fois d'orientation avant d'apercevoir enfin un échassier. De la buée s'était déposée sur l'oculaire et elle dut interrompre son observation pour l'essuyer. Lorsqu'elle retrouva sa position, elle distingua cette fois, bouche bée, cinq oiseaux en ligne. C'était aussi beau que dans l'histoire de Nils. La bande s'étirait au-dessus de l'horizon bleu assombri. Effleurés par les faisceaux dorés du soleil couchant, les oiseaux étaient tout à fait nets. Comme ils se rapprochaient, Wilma eut la confirmation qu'elle attendait, il n'y avait aucun doute, il s'agissait bien de grues blanches. Elle compta quatre adultes et un jeune de l'année. Wilma passa la troupe en revue, cherchant à reconnaître Akka. Fascinée par le spectacle, il fallut l'intervention de Paul pour qu'elle accepte de lui céder les jumelles.

Elle distinguait maintenant parfaitement les grues à l'œil nu, même si elles volaient encore haut dans le ciel. Un quatuor suivait le premier groupe. Deux oiseaux se trouvaient un peu plus loin et un dernier fermait la marche. Il y avait donc au moins douze oiseaux, dont onze adultes. Le quintet qui abordait la prairie perdit de l'altitude. Les grues avaient cessé de battre des ailes et planaient tout en annonçant bruyamment leur atterrissage. Le conciliabule enfla, bientôt repris en écho par les autres oiseaux. La première troupe entama une série de cercles concentriques autour d'un point virtuel de contact avec le sol, laissant ainsi aux autres le temps de les rejoindre puis de se mêler à la ronde. Les « kroûh-kroûh-kroûh » résonnaient, réguliers, comme scandés. Imprégnée de la lecture des aventures de Nils, Wilma les interpréta comme une conversation entre les échassiers : l'endroit était-il le plus propice ? N'y avait-il aucun danger avéré ? La nourriture allait-elle être suffisante ?

La « discussion » se poursuivit longuement. Les grues agitaient mollement leurs ailes de temps à autre, conservant ainsi à peu près la même altitude. Le traînard avait rejoint le mouvement. Les oiseaux dessinaient une figure qui ressemblait à une spirale qui montait puis descendait. Les échanges vocaux se tarirent brusquement : la décision était prise ! Les cercles s'agrandirent. Enfin, un oiseau, celui qui conduisait le premier groupe, se détacha et amorça une large boucle descendante. Les autres lui emboîtèrent le pas et se placèrent peu à peu sur ses flancs de part et d'autre. Leurs cris se raréfièrent. Toute la bande se trouvait désormais dans l'axe de la prairie, en phase d'approche. Les grues, qui n'étaient plus qu'à quelques mètres du marais, paraissaient suspendues dans l'azur comme des notes de musique animées sur une portée céleste. En bon éclaireur, l'oiseau de tête volait plus bas que les autres. La bande semblait interpréter un ballet ancestral parfaitement réglé dans lequel chacun tenait son rôle ; il y avait des oiseaux à peu près à toutes les altitudes entre deux et dix mètres. L'escadrille formait une ligne derrière son chef, aux ordres, les ailes désormais tendues, enveloppant l'air afin de ralentir la descente. Les pattes ballottaient maintenant, tiges noires et souples soumises au gré du vent et des mouvements des oiseaux.

Wilma goûta chaque instant de ce spectacle qu'elle attendait depuis tant d'années. La brume, le froid et l'attente ajoutaient une intensité particulière à ce moment irréel de l'atterrissage qui lui parut se dérouler au ralenti. Elle savait bien que ce qu'elle découvrait était un phénomène banal qui se répétait depuis des milliers d'années dans la nature, même s'il revêtait à ses yeux une dimension extraordinaire. Et puis, ils étaient peut-être les derniers spectateurs avant que l'espèce ne s'éteigne définitivement.

Là-bas, le premier oiseau ramenait ses pattes vers l'avant, à quelques centimètres du sol. Ses ailes s'incurvèrent, son corps se redressa avec grâce et les pointes de ses pattes effleurèrent délicatement le sol. La grue fit deux ou trois pas rapides pour freiner son élan tout en ramenant ses ailes contre son corps. Elle s'immobilisa enfin, dressée, sur ses gardes. Sa tête crêtée bougeait par saccades au fur et à mesure que son regard parcourait la prairie. Ses yeux se fixèrent un instant sur l'endroit où étaient tapis les trois observateurs. Bien qu'il y eût fort peu de chances que l'oiseau l'aperçoive, Wilma s'accroupit, cherchant instinctivement à se dissimuler. Le garde-chasse la regarda, hilare. Il lui adressa tout de même une aimable remontrance en lui faisant remarquer que, plus que sa présence, son geste brusque aurait pu à lui seul alerter la bande et la faire fuir. Confuse, la jeune femme se redressa lentement et reprit son observation. Deux autres oiseaux touchèrent le sol au même instant. Le reste de la troupe atterrit suivant la même procédure : les pattes sorties, les ailes qui ployaient tandis que le corps se redressait, les pattes qui retrouvaient délicatement la terre ferme, quelques petits pas graciles, l'immobilisation accompagnée de la remise en place soigneuse du plumage et enfin l'inspection des alentours. Alors que le dernier oiseau se posait, le premier lança un faible « kroûh » bientôt repris en chœur, sur un mode flûté, lancinant comme une mélopée. Ce n'était plus la discussion intense de tout à l'heure, plutôt un échange d'informations rassurantes.

« Tout va bien, semblait dire l'un.

— Je confirme, répondait un second.

— Pareil de mon côté », renchérissait un troisième.

Un sourire lumineux éclairait le visage de Wilma, aux anges. Paul la dévisagea avec une tendresse mêlée d'une pointe d'envie. Elle paraissait radieuse, comblée, comme illuminée de l'intérieur. Il aurait aimé partager ces sensations avec elle, mais elle était loin de lui à cet instant, habitée par une vibration, une béatitude qu'il ne pouvait atteindre. Il continua à l'observer à la dérobée. Son souhait de communion se mua bientôt en un furieux désir. Il s'attarda sur son corps, détaillant ses formes, le sang affluant à ses joues, prêt à laisser libre cours à sa pulsion. Un geste du garde tempéra ses ardeurs, lui rappelant qu'ils n'étaient pas seuls.

Depuis qu'ils se fréquentaient, ils n'avaient jamais conclu leur idylle par autre chose que des baisers et des abandons corps contre corps. Leur relation en était restée au stade d'un flirt poussé, guère davantage. Wilma se montrait cependant plus à l'aise avec son corps que Paul. Sa démarche démontrait son aisance. La nudité ne la gênait pas, elle ne paraissait nullement embarrassée lorsque Paul se présentait à elle dans le plus simple appareil. Sans doute une conséquence de sa vie dans la nature où la sexualité, les parades et les accouplements étaient courants !

Wilma souriait parce qu'elle venait de faire parler les grues, fidèle à ses habitudes animistes et à l'histoire de Nils dans laquelle tous les animaux parlent comme les humains.

Dans la prairie, la situation avait évolué. L'oiseau de tête avançait d'un pas prudent tout en épiant les alentours. Il arpentait le terrain avec précaution, bientôt suivi par ses congénères. Les échanges flûtés se poursuivirent. Au bout de quelques minutes, les oiseaux s'affairèrent à chercher de la nourriture.

Cachée derrière les saules, troncs massifs agrippés à la terre et frêles silhouettes dressées vers les nues, Wilma reprit les jumelles et observa un oiseau isolé qui arpentait le marais, perché sur ses longues pattes. C'était une femelle… et elle boitait ! Ce détail intrigua la jeune femme, qui se livra aussitôt à un examen approfondi. La grue se déplaçait de guingois. Lorsqu'elle avançait la patte gauche, tout paraissait normal. Dès que celle-ci était posée au sol, la patte droite, plus raide, se soulevait presque d'un bloc, et rejoignait l'autre avec difficulté. La démarche ressemblait un peu à celle d'un pirate doté d'une jambe de bois. Wilma sourit à l'évocation de cette image. L'échassier immaculé perdait de sa superbe quand il se trouvait au sol. Elle se demanda s'il pouvait se reproduire avec cette infirmité alors qu'il fallait plier les pattes pour s'accroupir et couver les œufs ?

L'articulation du genou semblait touchée. En se cicatrisant, la plaie avait donné naissance à un cal osseux qui entravait le mouvement. Qu'était-il arrivé à la grue ? Elle avait peut-être heurté un obstacle pendant sa migration ? Il arrivait fréquemment que l'on retrouve des oiseaux blessés lors de collisions avec les fils des lignes électriques ou des obstacles artificiels. La blessure pouvait également être due à une attaque prédatrice.

Peu à peu, une certitude s'installa dans son esprit : le jeune oiseau qu'elle avait observé jadis avec son père et celui qu'elle avait sous les yeux ne faisaient qu'un. La torsion de la patte était plus qu'un indice. Il y avait en effet très peu de chances que deux oiseaux puissent présenter une infirmité similaire. Un cal à l'articulation du genou, passe encore. Mais la partie inférieure de la patte très décalée par rapport à la partie supérieure au point de former un angle important ne pouvait être une coïncidence ! La grue blanche qui parcourait la prairie n'était autre qu'Akka devenue une superbe adulte malgré son infirmité.

Les retrouvailles avec Akka procurèrent un immense plaisir à Wilma, une véritable jubilation. C'était un peu de son enfance qui revivait sur la prairie, ses émois, les grands espaces, le *wild*. Plusieurs nuits de suite, son sommeil fut très agité, peuplé de rêves et de souvenirs. Dès qu'elle fermait les yeux, les images de la première rencontre au bord du « Minissippi » réapparaissaient, se superposant presque aussitôt à celles de l'arrivée dans le marais d'Aransas. Puis les grues s'estompaient, comme la brume, comme des fantômes, comme une chimère. Ces scènes s'accompagnaient d'ambiances sonores. Un silence absolu associé aux visions de la première rencontre, identique à celui qu'elle avait alors cru percevoir. Les « kroûh-kroûh-kroûh » des discussions avant l'atterrissage. Et enfin, le fracas de la débâcle du « Minissippi ». Chaque fois, Wilma se réveillait à cet instant précis, en sueur, frissonnante. Pourtant, désormais, la jeune femme n'avait plus qu'un objectif : protéger la grue blanche par tous les moyens. Il lui fallait retourner dans les marais, continuer ses observations.

De son côté, Paul souffrait. Wilma n'était plus du tout disponible. Elle était transformée. La manière dont elle parlait de sauver les grues, les yeux dans le vague, lui donnait un air mystique. Elle paraissait habitée d'une véritable mission dont il était exclu. Elle ne l'écoutait plus, n'était plus sensible à ses attentions et ne partageait plus de moments de complicité. Paul espérait que cette situation ne durerait guère et qu'il retrouverait rapidement la Wilma qu'il aimait. Espérant renouer des liens distendus, il échafauda mille scénarios pour lui être agréable. Pour commencer, il la ramena à Aransas, espérant apaiser le manque dont elle faisait état.

Janvier les retrouva ainsi sur le chemin de l'observatoire, accompagnés du garde qui se montra beaucoup moins avenant que la première fois. Préoccupé, il apparut à plusieurs reprises impatient, agacé. Tous les efforts de diplomatie que déploya Wilma furent vains. Le fait qu'elle évoque avec passion sa volonté de s'engager en faveur de la préservation des grues déclencha un haussement d'épaules chez leur accompagnateur, bientôt suivi de marmonnements à peine intelligibles. La jeune femme comprit néanmoins que son interlocuteur était scandalisé que l'on veuille protéger une espèce alors que le monde se trouvait confronté à des événements bien plus graves.

Sa mauvaise humeur empira lorsqu'il aperçut, en arrivant à l'observatoire, un piquet planté au milieu du chemin, sur lequel étaient fichées deux plumes. Des cercles rouge vif et des chevrons jaunes en garnissaient la hampe. Le garde-chasse stoppa net en lançant un retentissant juron. Il empêcha Paul et Wilma de s'approcher ou d'y toucher. Comme la jeune femme ne bougeait pas, occupée à examiner l'objet avec attention, il revint vers elle et, en lui serrant le bras au point de lui faire mal, l'entraîna plus loin contre son gré. Irritée par ce qu'elle assimila à une agression, Wilma protesta avec vigueur et le somma de s'expliquer sur son attitude. En maugréant, l'homme s'arrêta. Il se retourna pour lui faire face, se campa sur ses jambes écartées et posa les mains sur ses hanches :

« Ce que vous avez vu est une lance. Une lance de Peau-Rouge. Elle est placée là pour porter malheur à celui qui passe à proximité.

C'est une sorte d'avertissement, de menace, de défi aussi. Je sais très bien qui l'a plantée. Un jeune sauvage bariolé qui braconne sur nos terres, remercie la terre quand il a tué une bête et prétend que les Blancs détruisent le monde. Il est insaisissable. Pas de traces, pas de preuves, mais je suis certain qu'il braconne. Ces gens-là ne vivent que de rapines, de vols et de meurtres. Je vous jure que je l'aurai un jour. »

Wilma enregistra l'aversion du cerbère de circonstance pour le « bariolé », la superstition qui entourait la lance et le grand respect dont semblait faire preuve l'Indien vis-à-vis de la terre. Elle éprouva instantanément une grande sympathie pour le personnage.

La visite à l'observatoire, décidément mal engagée, se termina sous les mêmes auspices : aucune grue en vue et, malgré une très longue attente, leur quête fut vaine.

Obsédée par sa mission, Wilma n'eut de cesse de revenir seule dans les marais. Pour parvenir à ses fins, elle dut développer des trésors d'ingéniosité et de fins stratagèmes. Elle finit par dénicher, grâce à l'un de ses professeurs, un chauffeur particulier, un homme d'une cinquantaine d'années, George, rentier, ami des animaux et heureux possesseur d'un véhicule.

Pouvoir se faire transporter avec une relative indépendance était devenu l'objectif principal de la jeune fille. Alors que l'Amérique plongeait vers une crise majeure, que des foules d'ouvriers quémandaient chaque jour en ville un emploi précaire à la porte des usines, le monde rural semblait en partie préservé. Et puis quelques nantis avaient échappé à la ruine consécutive au crash du mardi noir. George était de ceux-là. Sous ses airs naïfs se dissimulait un redoutable homme d'affaires au flair imparable dont les placements se trouvaient en Afrique, partie du monde où les aventuriers de tout poil continuaient à profiter de la position dominante des Blancs.

Wilma était également une privilégiée. Elle poursuivait des études qui coûtaient cher à son père tout en bénéficiant d'un confort dont peu d'étudiants pouvaient se prévaloir. En dépit de la crise économique, la pourvoirie que géraient John et James faisait le plein de clients. L'écart entre les très pauvres et les très riches s'était creusé et ces derniers avaient su tirer parti de la situation.

George se montrait particulièrement avenant avec elle. À chaque voyage, il lui apportait des friandises. La seule compagnie de la jeune fille semblait lui suffire, ce qui rassura Wilma, un temps inquiète des possibles avances de son chauffeur, veuf depuis quelques années. Il est vrai qu'elle avait usé et abusé de son charme pour obtenir ce qu'elle voulait et elle craignait d'avoir laissé entrevoir à George de faux espoirs qu'elle ne souhaitait nullement honorer. Ils parlaient peu pendant le trajet qui durait pourtant de longues heures et était souvent ponctué de nombreux incidents, les pannes étant récurrentes. Wilma finit tout de même par en apprendre un peu plus sur Aransas.

L'immense propriété du père de Paul, qui comprenait les marais sur lesquels elle avait renoué les liens avec Akka, était un lieu de chasse renommé, autrefois habité par les indigènes d'une tribu considérée comme disparue : les Karankawa. Ceux-ci avaient refusé de laisser leurs terres et leurs coutumes pour adopter celles des colons. Ces derniers les avaient alors méthodiquement pourchassés et tués, massacrant l'un des derniers groupes en 1851.

Des natifs, il en restait pourtant au moins un qui donnait bien du fil à retordre aux autorités. Vivant plus ou moins en ermite, refusant toujours la loi des vainqueurs, il se servait des ressources naturelles du pays comme ses ancêtres et les premiers fermiers qui s'étaient installés là.

Il était donc considéré comme un braconnier. C'était du moins ce qui se disait autour du marais. Il était bien difficile de se faire une idée de la réalité parmi les nombreuses anecdotes qui circulaient sur les méfaits attribués au « bariolé ». Différent des autres, il attisait la vindicte populaire, comme toujours en pareil cas.

Wilma demanda au vieil homme le nom de cet étrange personnage qui la fascinait et l'effrayait tout à la fois. Il lui répondit qu'il se faisait appeler Joe par les rares Blancs avec lesquels il développait des relations commerciales. Joe vivait en partie du produit de sa chasse et de sa pêche et une partie des habitants d'Aransas étaient ravis de se fournir auprès de lui au détriment du grand propriétaire terrien local.

Une fois la conversation amorcée, George se montra intarissable. De plus, afin de satisfaire la curiosité de Wilma, il se renseigna entre deux sorties, complétant ainsi sa connaissance du terrain. Il devint très vite une pièce majeure, un rouage, pour Wilma. Source de renseignements idéale, il était également bien perçu par la population, ce qui allait se révéler d'une grande utilité. Car Wilma avait des plans pour le marais. Cet endroit devait absolument devenir un sanctuaire de la vie sauvage afin de préserver les chances de survie de la grue blanche. Cela passait par la validation de la valeur écologique du site puis son classement comme refuge. Ces idées, elle en avait conscience, étaient nouvelles, donc considérées comme bizarres, voire saugrenues, par beaucoup. La grue blanche ne disposait pas de statut particulier permettant d'engager des actions en sa faveur. Nullement protégée, on pouvait la chasser. Tout restait à faire alors que la situation était critique.

La mission dont elle se sentait investie avait brutalement fait grandir Wilma. Elle saisissait désormais les problèmes à bras-le-corps. Son caractère s'était affirmé. Elle savait où elle voulait aller, ce qu'il lui fallait mettre en œuvre et quel chemin emprunter. Rien ne pouvait plus la distraire de ses objectifs.

C'est au cours du mois de mars qu'elle rencontra Joe pour la première fois. Elle se retrouva tout d'abord confrontée de nouveau à la lance fichée sur le chemin de l'observatoire. Sinistre avertissement, balise territoriale ou rituel... Wilma ne savait quoi en penser. Une légère anxiété s'empara d'elle. Un peu plus tard, alors qu'elle était assise, occupée à prendre des notes tout en observant la troupe d'Akka, elle eut à plusieurs reprises la sensation d'être épiée. Elle scruta les alentours, en vain. À l'approche de la nuit, elle rangea ses affaires dans le sac de toile qui ne la quittait jamais, puis, réajustant ses cheveux et ses vêtements, se leva, le mit sur son épaule, se retourna et... le trouva face à elle, à deux ou trois mètres de distance. Elle qui avait pourtant essayé de se préparer à cette rencontre, pour maîtriser son appréhension, ne put retenir un cri. Joe était grand, très grand même, et d'une carrure imposante. Il avait de longs cheveux noirs et raides, très brillants, mais avec son jean et sa chemise, il était loin du personnage hirsute à demi nu qu'elle avait imaginé.

Comme ils continuaient à se dévisager sans rien dire, Wilma poursuivit son exploration. Au-delà de son aspect physique, Joe dégageait une aura très particulière que la jeune fille chercha à qualifier... Sauvage, il dégageait une aura sauvage ! Comme s'il faisait partie de la nature qui l'entourait et le faisait vivre. *Authentique* fut le second qualificatif qui lui vint à l'esprit sans qu'elle puisse vraiment en préciser les raisons. En cherchant bien, elle le rattacha à celui de *brut*. Joe symbolisait la nature à l'état brut, la relation étroite et brutale entre le prédateur et la proie, la force du vent, la chaleur bienfaisante du soleil, toutes choses qui lui rappelèrent son père et son enfance.

Elle remarqua son regard perçant, affûté et incisif, et comprit à cet instant qu'il se livrait à la même inspection qu'elle. Elle se sentit soudain transpercée, comme s'il voyait au fond de son cœur, de ses souvenirs et de son âme.

Joe se tenait droit, fièrement campé sur ses deux jambes, les bras croisés sur un torse que l'on devinait puissant. La jeune femme compara ce face-à-face à celui d'animaux sauvages de la même espèce qui se rencontrent au détour d'une piste sur un territoire, objet de toutes leurs convoitises. La phase d'observation de l'adversaire peut déboucher sur plusieurs possibilités. Une volte-face de l'un des antagonistes qui s'effectue avec toutes les précautions d'usage pour que l'honneur soit sauf, ou des préliminaires d'intimidation avant un éventuel affrontement.

Elle décida de prendre les devants par des gages d'apaisement.

Elle lança un timide bonjour, tendit la main et se présenta, résolue, sous la forme qui lui sembla la plus propice à l'échange :

« Wilma, fille de John le trappeur. »

Sa main toucha le vide. Joe ne répondit pas à son salut. Embarrassée, la jeune femme demeura dans cette position, ne sachant que faire de son bras inutile, finit par le ramener contre elle, posa son sac et s'assit sur une grosse racine. Puis elle se mit à parler pour masquer son angoisse. Elle raconta par le menu son histoire, la rencontre avec les grues, le *wild* au Canada, ses études, son père, et finit par expliquer la raison de sa présence. Elle se crut obligée d'accompagner son récit de gestes, au cas où l'Indien ne comprendrait pas tout ce qu'elle disait.

Lorsqu'elle eut fini, Joe n'avait toujours pas bougé. Seuls les mouvements de ses yeux indiquaient son intérêt. Le silence s'installa de nouveau entre eux, pesant. Wilma se sentit de plus en plus oppressée. Mais pourquoi diable ne manifestait-il aucune réaction à ses tentatives de contact ?

Elle se leva et se mit à faire nerveusement les cent pas devant Joe. Elle reprit son monologue, débitant tout ce qui lui passait par la tête alors que l'énervement la gagnait. Son ton monta, elle lança des regards furieux vers l'homme impassible. Épuisée, elle se rassit et attendit, résignée.

Joe fit un pas vers elle. Wilma ferma les yeux, terrorisée. Puis, comme il ne se passait rien, elle souleva l'une de ses paupières. Joe fouillait dans son sac ! Il en extirpa le carnet de notes et se mit à le parcourir. D'un bond, la jeune femme s'avança à sa hauteur, s'empara du carnet et lui assena tout de go :

« Ceci m'appartient et personne n'y touche sans mon autorisation. Chez les gens civilisés, on commence par se saluer poliment avant de fouiller dans des affaires qui ne vous appartiennent pas ! »

Elle regretta aussitôt ces paroles, craignant d'avoir compliqué un peu plus une situation qui lui était déjà défavorable.

Joe, esquissant un rictus qui valait sans doute sourire, déclara alors :

« Bonjour, je suis Joe, fils de la Terre, mère de tous les êtres vivants. Vous êtes sur les terres de mes ancêtres que les vôtres ont volées et souillent un peu plus chaque jour. Je sais très bien pourquoi vous êtes là, mais je ne comprends pas. Aucune espèce n'a besoin des hommes pour survivre, même si elle doit disparaître à cause de lui. »

Curieusement, il n'y avait aucune animosité dans ses propos, encore moins de la haine. Il dressait un constat, c'était tout. Cette amorce de dialogue rassura Wilma tout en lui montrant tout ce qui la séparait de cet homme. Il la fascinait toujours autant et, en secret, elle comptait sur lui dans ses plans pour la sauvegarde des grues. Cependant, si la conversation était engagée, une collaboration, même minime, était loin d'être acquise.

Elle demanda à Joe ce qu'il savait sur les grues. Il lui raconta la légende selon laquelle ces oiseaux jouent le rôle de messagers des esprits, puis lui fit part d'éléments sur leurs mœurs qui dévoilaient une parfaite connaissance des habitudes des échassiers. Il affirma qu'une grue pouvait vivre plusieurs décennies, ce qui étonna beaucoup la jeune fille. Prolixe tout à coup, il poursuivit en lui narrant l'histoire de la Terre, de ses ancêtres et finit par la place des êtres vivants dans la création. Il se tut soudain, les yeux brillants de larmes, perdus dans l'infini.

« Ma tribu a disparu, vous l'avez détruite. Mais, longtemps après que des peuples il ne reste que la mémoire, la Terre demeure. Et il faut des hommes pour s'en occuper, pour l'aimer, la vénérer. Vous autres ne pouvez concevoir ces choses-là. Nous ne pouvons nous entendre. »

Il tourna brusquement les talons et s'éloigna sur le chemin. Wilma, compatissant à sa souffrance, le héla avant qu'il ne disparaisse :

« Quand pourrais-je vous revoir ? »

Joe continua sans lui répondre.

« Je voudrais vous expliquer ce que je compte faire pour les grues. »

Il ne ralentit pas son allure.

Dans une ultime tentative, Wilma ajouta en criant presque :

« La grue a besoin de vous, la Terre a besoin de vous. »

Sans se retourner, il lui lança alors :

« Je saurai vous retrouver. »

Wilma revint à Aransas pour assister au départ des migrateurs au mois d'avril. Elle arriva de bonne heure dans le marais après avoir passé la nuit chez George pour ne rien manquer du spectacle.

Après une semaine de temps agité, de vent et de pluie, les conditions météorologiques avaient changé. Un pâle soleil inondait la prairie recouverte d'une fine rosée et d'une brume épaisse qui rendait parfois l'observation délicate. Wilma distinguait à peine les oiseaux, silhouettes fantomatiques diaphanes, touches blanches apposées par la main d'un maître sur la toile floue du jour naissant. Les grues avançaient à grands pas comme à leur habitude. Wilma s'interrogeait toujours sur leur démarche précautionneuse, comme si une menace était tapie dans les herbes pourtant courtes en cette saison. Ce comportement était-il réellement lié à un quelconque danger ? S'agissait-il plutôt d'une attention due à l'apparente fragilité longiligne de leurs pattes ? Où était-ce simplement une démarche mécanique en rapport avec la morphologie, la musculature et la longueur de ces mêmes pattes ?

Akka avait quitté le marais lors d'une première vague de migration, il y avait au moins quinze jours déjà. Parmi les échassiers qui se tenaient devant elle, des couples s'étaient formés. Le comportement des partenaires ne laissait planer aucun doute. Pas de deux, épouillages et concerts interrompaient de longues séances de recherche de nourriture également accomplies à deux. D'autres volatiles se tenaient en retrait, ne participant nullement aux parades et semblant même s'en désintéresser tout à fait. Pourtant, lors de chaque ébat, la jeune fille les voyait frémir, troublés par les manifestations amoureuses auxquelles ils assistaient. Leur plumage montrait qu'il s'agissait d'individus jeunes sans doute sensibles aux émois du printemps.

Le soleil avait bien du mal à décrocher la brume du sol, des arbres et du ciel. La tenture ouatée se déchirait volute après volute. La température montait lentement, les grues s'agitaient un peu plus chaque minute.

Wilma changea de place. Sa jambe droite commençait à la faire souffrir après deux heures d'immobilité. Elle s'étira, tenta de se lever et parcourut quelques mètres afin de rétablir la circulation dans ses membres engourdis. Dans la prairie, les cinq acteurs avaient cessé toute activité dans un bel ensemble. Cent cinquante mètres les séparaient de la jeune femme masquée par les saules. Se pouvait-il qu'ils l'aient repérée ? C'était certain. Le cou dressé, le corps figé, ils tournaient tous la tête dans sa direction. Réputées pour être particulièrement farouches, les grues blanches acceptaient cependant ici la présence des humains à une distance relativement faible. Wilma se demanda même si les oiseaux ne s'étaient pas habitués à elle. Elle alla jusqu'à envisager qu'ils aient parfaitement saisi ses intentions à leur égard.

Elle se décala légèrement pour mieux observer la troupe qui avait dérivé vers la pointe de la prairie et s'assit à nouveau. Les grues pleines de grâce arrivaient maintenant à l'extrémité de la « piste de décollage ». Une très légère brise agitait les herbes, indiquant le sens du vent qui se trouvait dans l'axe de la piste. Toutes les conditions favorables à un départ étaient réunies.

Là-bas, le manège avait repris : je mange, je danse, je m'émeus ! Une demi-heure s'écoula sans changement notable. Le vent avait un peu forci, les ramures des saules pliaient avec délicatesse et bruissaient sous son souffle. En quelques minutes, la brume disparut. Dans un ciel ponctué de quelques minuscules nuages d'altitude, un soleil radieux dardait ses rayons bienfaisants. Wilma les accueillit avec bonheur dans cette fraîche matinée de printemps.

La troupe s'anima très progressivement, comme lors du fameux atterrissage qui lui avait permis de reprendre contact avec Akka. Il y avait bien un rituel avant toute action collective. Ce contact permanent non organisé lorsque les grues se nourrissaient tournait à une concertation synchronisée à l'heure du départ. Tous les oiseaux étaient désormais proches les uns des autres, seul le plus jeune se tenait imperceptiblement en retrait. Elle eut soudain une intuition : il s'agissait du petit de l'une des paires qu'elle voyait, elle en était certaine ! C'était maintenant une bande que Wilma avait sous les yeux, un groupe structuré prêt à agir.

La jeune femme sentit que le décollage s'annonçait et ses pensées s'agitèrent en tous sens. Elle imagina l'espèce réduite à un seul oiseau.

Avec qui échanger les préliminaires ? Comment partir sans le rituel ancestral ? Pour où ? Pour quoi ? Pour qui ? Quand ?

Au milieu des prés, les grues déployèrent leurs ailes en les faisant battre frénétiquement. Ce fut le signal de l'emballement. Les échanges de « kroûh » se multiplièrent, plusieurs oiseaux se soulevèrent du sol sous la poussée, jusqu'à un mètre de hauteur.

Les silhouettes lumineuses faisaient maintenant face au vent. Elles avaient adopté cette disposition sans que Wilma s'en aperçoive. Un premier oiseau fit deux ou trois pas, accéléra, ouvrit grand ses ailes et prit son essor. Il était à moins d'un mètre d'altitude, dévoilant toute son amplitude superbe. En quelques secondes, trois autres individus lui emboîtèrent le pas selon un processus identique. Un des plus jeunes semblait hésiter. Il s'élança à son tour pour finalement se poser un peu plus loin. Les adultes étaient désormais au bout de la prairie et passaient au-dessus des arbres. Le retardataire manifestait inquiétude, énervement et désarroi.

Les oiseaux entamèrent une longue boucle à la recherche des courants thermiques qui bordaient la zone de transition entre la prairie et les bois. Ils restaient à la même distance de leur point de départ et s'élevaient progressivement en réduisant la fréquence de leurs battements d'ailes.

Le jeune s'élança une fois, deux fois, trois fois, pour retomber chaque fois à proximité. Wilma lui prêta des pensées : J'y vais ? J'y vais pas ? Je suis bien ici, il faut pourtant que j'y aille !

La sixième tentative fut la bonne. Malhabile, il prit davantage d'élan que ses congénères, déploya plus d'énergie dans ses battements d'ailes et s'arracha avec peine à l'attraction terrestre. Sa trajectoire prit un instant la forme d'une courbe descendante puis se stabilisa. Pendant quelques secondes, le temps de parcourir une cinquantaine de mètres, un nouvel atterrissage parut imminent. Pourtant, son élévation commença, imperceptible au début, puis de plus en plus nette. Au bout de la prairie, il survola les arbres comme les autres et chercha à son tour les vents ascendants. Quatre points blancs tournoyaient au-dessus de lui, à bonne hauteur. Il les rejoignit. Alors, la troupe se dirigea en droite ligne vers le nord, claironna au-dessus de l'observatoire et disparut bientôt à l'horizon.

Wilma scruta le ciel à l'aide de ses jumelles, recherchant les minuscules points blancs qui s'éloignaient. Bientôt, il n'y eut plus que le bleu de l'azur parsemé de rares nuages. La jeune fille reprit contact avec la réalité. Dans la prairie, la faune vaquait à ses occupations comme si de rien n'était. Pourtant, les grues étaient parties.

Elle ressentit un grand vide. Il lui fallait désormais attendre six mois pour espérer revoir l'objet de sa passion. Une appréhension la saisit. Et si elles ne revenaient pas ? Si elles ne revenaient plus jamais ? Elle craignait l'absence cruelle, comme celle de l'amoureux. Oui, c'était bien une sorte d'amour qu'elle éprouvait pour cet oiseau symbole, une sorte de fusion. Elle tenta de comprendre son attachement si profond. Akka et son espèce étaient seuls. Akka, seule à la tête des derniers survivants d'un clan décimé. L'espèce, seule face aux risques de la migration, de la reproduction et de la vie. Quant à elle, elle était seule également. Seule dans son enfance à avoir attendu son père souvent parti traquer les animaux qui assuraient leur subsistance. Seule, plus tard, loin du « Minissippi » et de John, pour ses études. Enfin, elle était seule face au défi qu'elle s'était lancé : sauver une espèce prestigieuse.

Wilma demeura longtemps à la même place, se gorgeant encore des sensations, des émotions et des pensées qui l'avaient envahie au moment du départ. L'activité avait baissé dans le marais. En communion avec la nature, elle ferma les yeux et écouta. Elle identifia le claquement de bec d'un héron, le martèlement saccadé d'un pic puis le clapotis généré par un poisson fouisseur. Elle perçut une pulsation. Les battements de son cœur se mêlaient aux échos de la vie autour d'elle. Flux, reflux. Une bouffée d'optimisme la submergea. Elle se nourrissait de ses perceptions sensorielles et tout redevenait possible. Oui, avec d'autres, elle sauverait la grue. Flux, reflux. Une plage lui apparut. À ses pieds, la mer apportait sans cesse un mélange d'eau, de sable et d'éclats de coquillages. Inlassable, le flot déposait son offrande, la reprenait l'instant d'après pour l'étaler à nouveau.

Wilma ouvrit les yeux. La migration était une pulsation, une vague, un flux. Des territoires de reproduction aux territoires d'hivernage puis des territoires d'hivernage aux territoires de reproduction. La jeune femme admit qu'elle devait maintenant apprendre à vivre et à organiser son action selon le rythme de la migration de la bande d'Aransas. Elle ne pouvait espérer plus de six mois de contact par an avec les grues blanches puisque personne ne savait où elles nichaient. Cette période sans elles lui permettrait d'engager de nouvelles démarches.

Elle venait de vivre le reflux. Le flot de la vie avait repris les oiseaux pour les ramener sur les lieux où ils tentaient d'assurer l'avenir de leur espèce. Bientôt viendraient le flux et ses découvertes. Combien d'oiseaux au retour ? Combien de jeunes ? Combien d'absents ? Et Akka ? Serait-elle fidèle au rendez-vous ?

Wilma regroupa ses affaires, les mit dans son sac et prit le chemin du retour vers la voiture de George qui l'attendait. Elle s'aperçut à regret que Joe ne s'était toujours pas manifesté. Déçue, elle se dit qu'elle ne le reverrait sans doute jamais, quand, au détour du sentier, une silhouette jaillit devant elle. Elle se retrouva face à Joe qui l'observait manifestement depuis un moment.

« Elles sont parties pour le nord, déclara-t-il.

— Oui, pour les terres où chassait mon père quand il était trappeur », répondit Wilma, agacée d'avoir été espionnée une nouvelle fois à son insu.

Cette information eut un effet immédiat sur Joe. Que la jeune fille puisse venir de l'endroit où se rendaient les grues lui parut un signe important et il la considéra avec davantage de respect qu'auparavant.

« Il y en avait beaucoup plus avant, finit-il par lâcher.

— Combien ?

— Des milliers, mais c'était du temps de mon grand-père. Vous avez chassé les grues, asséché les marais et leur nombre n'a cessé de diminuer. Pour celles qui restent, les jours sont comptés. Quand elles auront disparu, le monde ne sera plus le même. Il sera plus faible et les esprits seront tristes.

— Justement, nous pouvons changer cela. Il n'est pas trop tard, mais il faut faire vite, très vite. Et la grue a besoin de vous. Il faut me dire tout ce que vous savez d'elle pour que nous puissions la sauver. Y en a-t-il d'autres ailleurs qu'à Aransas ?

— Autrefois, il y en avait un peu partout dans la région, mais les marais sont secs maintenant. Mon grand-père parlait d'autres territoires plus au nord et dans ce que vous appelez la Louisiane. Je n'y suis jamais allé et il n'y a plus personne de mon peuple pour en parler aujourd'hui... Je veux bien vous aider », ajouta-t-il d'un ton abrupt avant de quitter les lieux.

Wilma poussa un soupir après son départ. Elle avait réussi à créer un lien. Elle se força à voir le côté positif de leur nouvelle entrevue tout en regrettant ses limites. Joe était taciturne, il n'y avait aucun doute là-dessus. Il vivait en solitaire et l'intrusion d'une femme dans ses marais était certainement déstabilisante. Les idées de protection qu'elle avait développées étaient étrangères à sa culture, ajoutant à l'émoi suscité par sa présence et la crainte du garde-chasse. La jeune femme, hantée par l'urgence de la situation, la nécessité d'agir au plus vite, comprit que chaque pas, même petit, serait une victoire, que tout prendrait du temps. En attendant, elle se résolut à lancer de nouvelles actions, notamment auprès de la Société d'Audubon et du gouvernement fédéral. Mais, avant cela, il lui fallait obtenir ses diplômes.

TROISIÈME PARTIE

Avec l'aide de Paul, de George et de son professeur de biologie à l'université, Wilma obtint en quelques années des résultats formidables sur le plan administratif, légal et scientifique. La Société d'Audubon débuta sa première action d'envergure pour la sauvegarde d'une espèce, en lançant une campagne de récolte de fonds afin de se donner les moyens nécessaires. L'Amérique se redressait difficilement, mais des opportunités apparurent auprès d'entreprises grâce à la ténacité de la jeune fille, sa force de conviction et son charme naturel.

Paul, toujours subjugué par Wilma, négocia avec son père une modification des pratiques de chasse et d'utilisation du marais. Soumis à un lobbying efficace, le gouvernement fédéral réfléchissait à une politique en faveur de la protection des espèces animales emblématiques. Sensibilisés au sort de la grue, des chasseurs commencèrent à s'associer aux actions, notamment en formant et en informant les adhérents des sociétés de chasse. Il fallait sauvegarder cette espèce, chaque nouvelle perte pouvait signifier sa disparition définitive. Cependant, on continuait à retrouver des grues abattues çà et là, l'échassier n'étant toujours pas protégé par la réglementation fédérale.

La situation des populations survivantes continuait de se dégrader. À force de recherches, d'échanges par courriers, de lecture de revues, Wilma parvint à compléter ses connaissances : il existait un deuxième groupe en Louisiane, mais il était sédentaire. Ce qui lui donnait *a priori* davantage de chances de survie, puisque les oiseaux ne se retrouvaient pas soumis aux aléas de la migration. Quant à la troisième population, à l'intérieur du pays, elle n'était plus qu'un lointain souvenir.

La dernière observation d'un nid contenant des œufs datait de plusieurs années et se situait dans le Saskatchewan, au Canada. Depuis, personne n'avait pu trouver aucune autre trace de reproduction. Tout ce que l'on savait, c'est que la troupe d'Aransas se rendait au Canada pour s'y reproduire : plus de quatre mille kilomètres de migration. Chaque année, le groupe revenait avec des jeunes de la saison, il y avait donc bien encore reproduction, ce qui laissait un mince espoir.

Par recoupements, Wilma estima qu'au moment de sa première rencontre avec les grues au bord du « Minissippi », la population totale s'élevait à deux cent cinquante oiseaux. Seize ans plus tard, on en comptait moins de cinquante, et leur nombre déclinait d'année en année.

Bousculant les protocoles, haranguant les politiques, interpellant la presse, Wilma entama une véritable croisade en faveur de son oiseau fétiche. Tous regardaient cette belle jeune femme avec étonnement, admiration et envie, même si certains considéraient qu'elle déployait une énergie considérable pour une cause inutile, désespérée, voire déplacée dans le contexte d'extrême difficulté économique et sociale. Peu à peu, certains de ses amis se détachèrent d'elle. À commencer par Paul.

Il avait longtemps voulu croire qu'elle lui reviendrait. Mais il devait se battre pour partager des moments furtifs avec sa pasionaria, et encore, elle n'était jamais complètement à lui. Elle ne parlait que de ses grues sauvages. Cette obsession avait fini par décourager Paul, qui n'entrevoyait plus aucun avenir avec Wilma. Une souffrance sans nom le taraudait. Alors que son corps la réclamait, elle était devenue inaccessible.

Quand son père lui avait proposé d'assurer sa succession dans l'entreprise familiale, Paul avait tout d'abord décliné l'offre, estimant que cette nouvelle fonction l'entraînerait inévitablement loin d'Aransas et de l'objet de son amour. Mais Wilma demeurait sourde à ses demandes, ses provocations, ses déclarations. Il l'avait sommée de déclarer leur relation officiellement terminée. Sans succès. Lorsqu'il avait poussé la bravade jusqu'à tenter de la prendre de force, ce qui était contraire à ses valeurs, elle avait à peine résisté, lui demandant ce qui lui arrivait. Désarçonné, il n'était pas allé au bout. Bien lui en avait pris. Dans les jours qui suivirent, il fut assailli d'un sentiment de culpabilité. Il recommença à être aux petits soins envers la jeune femme pour tenter de se faire pardonner. Ses attentions eurent l'effet inverse de celui qu'il escomptait : Wilma, en ayant conclu que tout était rentré dans l'ordre, devint plus distante que jamais, s'investit davantage dans sa mission et consacra encore plus de temps à son travail.

Un matin d'automne, Paul se leva au milieu du brouillard très dense qui enveloppait la maison. C'était une de ces journées où la nature donne l'impression de s'être endormie en attendant des jours meilleurs. Nul bruit hormis la chute de quelques gouttes d'eau. Le jeune homme sortit. Un frisson le parcourut. Ce n'est pas qu'il faisait réellement froid. Il avait froid au cœur. Il perçut brutalement une oppression. Il étouffait littéralement. Il n'en pouvait plus du brouillard de ses jours, de cette vie à attendre un hypothétique signe d'une femme insaisissable, de cette absence de perspective d'avenir. Rageur, il claqua la porte et s'enferma dans la salle de bains. Appuyé des deux bras au lavabo, penché en avant, il contemplait la vasque blanche sans la voir. Nulle tonicité n'habitait son corps pourtant musclé. Ses épaules étaient rentrées, voûtées et tendues. Ses cheveux en broussaille trahissaient le peu de cas qu'il faisait de sa personne depuis des mois. Son visage était envahi d'une barbe de plusieurs jours. Il était méconnaissable, inanimé. Il s'était résigné à l'impossibilité de leur relation et tout son corps le trahissait.

Où était le Paul que tous avaient en tête ? Ses traits fins, doux et fluides ? Ses yeux vifs ? Son sourire enjôleur ? Son front lisse ? La stupeur succéda à l'incrédulité. Comment avait-il pu en arriver là ? Ruine, il n'était que ruine !

Alors, une sourde rumeur monta de ses entrailles. À l'intérieur, les pensées se bousculaient dans un objectif unique : vivre ! Tout ce qu'il avait manqué, tous ceux qu'il avait délaissés, tout ce qu'il n'avait pas fait lui revenait en bloc. Il voulait rattraper le temps perdu, vite.

Une grande fatigue l'envahit. Cette débauche d'énergie vitale après cet engourdissement prolongé l'épuisa. Il tenta de mettre un peu d'ordre dans tout cela. Il savait que, dans tous les cas, son destin avait changé. Finie la langueur amoureuse, fini le coma, finies les lamentations. On allait voir ce qu'on allait voir.

Paul se rasa, se délecta d'un bain brûlant qui acheva de libérer les tensions de ses muscles, puis s'assoupit dans la baignoire pleine. Le sommeil réparateur fut de courte durée. Il sortit de l'eau, se sécha puis se dirigea d'un pas décidé vers sa chambre, nu comme un ver. La fraîcheur matinale de l'automne avait pénétré la bâtisse. Il ouvrit en grand la fenêtre, frémit quand sa peau se transforma en chair de poule. Ses poils se dressèrent et des frissons lui parcoururent la colonne vertébrale. Cela acheva de le revigorer.

Dans l'armoire, il dressa hâtivement l'inventaire des vêtements posés sur les étagères ou pendus à des cintres. Rien ne lui plut. Par défaut, il enfila un pantalon noir qu'il compléta d'un pull tout aussi sombre en ajoutant mentalement une nouvelle ligne à la liste des actions qu'il avait à mener à l'occasion de son renouveau : se débarrasser de tout ce qui le reliait à son passé.

Il saisit au vol son épais manteau et sortit précipitamment : il s'arrêta sur le seuil, ferma les yeux et prit une longue inspiration. L'air humide et frais emplit ses poumons. Des odeurs de champignon, de feuilles en décomposition et de sous-bois embaumèrent ses narines. Il ouvrit les yeux. La brume avait disparu. Le soleil dardait ses généreux rayons dans une atmosphère limpide : la vie commençait.

Apparemment insensible à l'absence de Paul, Wilma poursuivit ses investigations tout en multipliant les contacts et les interventions auprès d'interlocuteurs très variés. Des pics d'enthousiasme succédaient à des abîmes de désespoir. Elle paraissait pourtant inébranlable.

Les consciences progressaient sur l'idée d'une protection, mais pas assez vite à son goût, alors elle décida de frapper un grand coup. La visite du président Roosevelt était annoncée sur une base militaire voisine. Il fallait qu'elle lui parle. Elle savait qu'il avait d'autres préoccupations, alors que des bruits de botte inquiétants résonnaient de nouveau dans les rues du Vieux Continent, expliquant en partie cette visite. Néanmoins, elle devait tenter sa chance.

Le nombre d'oiseaux ne cessait de diminuer de manière inexorable. Au début du printemps, une vingtaine des grues quittèrent Aransas tandis qu'une douzaine, tout au plus, étaient présentes en Louisiane. Les plus fervents partisans des actions engagées par Wilma ne croyaient plus à un sauvetage possible de l'espèce et elle dut redoubler d'efforts pour s'assurer un minimum de soutien renouvelé.

Sollicitant l'ensemble de ses contacts, harcelant le gouverneur, elle obtint l'autorisation d'accompagner la délégation qui allait accueillir le Président à son arrivée à Houston, le 2 juin. On lui laissa entrevoir la possibilité d'un très court échange avec les conseillers.

Plusieurs fois, on annonça que le déplacement du Président était annulé. Cela mit ses nerfs à rude épreuve. Elle apprit beaucoup plus tard qu'il s'agissait simplement de précautions pour assurer la sécurité du premier homme du pays. Depuis la mort de Lincoln, assassiné en pleine représentation théâtrale, la sécurité des présidents était devenue un sujet majeur.

Lorsque l'avion qui transportait le locataire de la Maison-Blanche s'immobilisa sur le tarmac de l'aéroport, l'excitation de Wilma fut à son comble. Intrépide, elle chercha à se glisser dans les premiers rangs de la délégation d'accueil. Mais elle fut bientôt interpellée par les membres de la sécurité de l'aéroport. Décidée à ne pas se laisser faire, le ton monta rapidement. Les deux hommes qui l'avaient interceptée demandèrent du renfort et elle fut séparée sans ménagement des autres membres de la délégation. Elle tenta alors de franchir de force la barrière humaine qui s'interposait devant elle. Elle fut aussitôt ceinturée. En réponse, elle se mit à hurler, semant le trouble dans le hall.

La passerelle avait été installée au pied de l'avion et les passagers commençaient à sortir. Par-dessus les épaules du personnel de sécurité, elle distingua la haute silhouette du Président qui descendait les marches. Elle redoubla d'efforts pour forcer le passage tout en criant plus fort. Le chef de la délégation d'accueil, agacé, quitta sa place et donna l'ordre aux policiers de la faire sortir du hall sur-le-champ. Ils voulurent la soulever. Elle se débattit avec force coups de pied et de poing tout en hurlant à tue-tête :

« Monsieur le Président, monsieur le Président, il faut que je vous parle. La grue blanche a besoin de vous. Monsieur le Président, monsieur le Président ! »

Les hôtes de marque de la délégation, outrés par son comportement, manifestaient avec vigueur leur désapprobation et leur hâte de voir cette hystérique évacuée des lieux.

Wilma se coucha au sol pour compliquer la tâche des policiers qui la saisirent par les poignets et les chevilles pour l'extraire de la salle. Résistant du mieux qu'elle le pouvait, Wilma aperçut entre les jambes des convives le cortège présidentiel qui pénétrait dans le hall. Dans un dernier sursaut, elle se débattit, parvenant à libérer ses poignets. Le temps que ses persécuteurs réagissent, elle hurla sa supplique :

« Monsieur le Président, je dois vous parler ! La grue blanche… »

Une main plaquée brutalement sur sa bouche l'interrompit. Elle se dit alors que tout était perdu, qu'elle aurait mieux fait d'attendre le bon moment ou de compter sur les conseillers pour relayer son message. Résignée, elle n'opposa plus aucune résistance à ses porteurs quand on entendit une voix forte claironner :

« Mais que se passe-t-il donc ici ? »

Le chef de la délégation, embarrassé par la tournure des événements, bredouilla une vague explication. Visiblement insatisfaite, la voix reprit sur un ton péremptoire :

« Alan, s'il vous plaît, voulez-vous vous renseigner ! »

Au bout de quelques secondes, le cercle des policiers s'entrouvrit pour laisser passer un homme de petite taille. À tout hasard, elle déclara, à bout de forces, dans un souffle :

« Wilma, je m'appelle Wilma Blake. Je voudrais parler au Président... La grue blanche... »

L'homme rebroussa chemin et revint auprès de Roosevelt.

« C'est une certaine Wilma Blake, qui voudrait vous parler des grues... » répéta-t-il, d'un ton narquois.

La cause semblait entendue. Wilma ferma les yeux. Elle ne voulait ni voir ni entendre la suite.

Le reste se déroula comme dans un songe.

Dans un grand silence, un mouvement de foule se produisit autour de la jeune femme. Le cercle s'agrandit de nouveau et un groupe s'approcha, le Président à sa tête.

Il contempla Wilma toujours suspendue entre les mains des policiers et la sermonna.

« Vous êtes plus têtue qu'une mule ! On m'avait parlé de votre obstination, mais à ce point... »

Levant les yeux, elle croisa le regard clair et y lut de la bienveillance.

« Messieurs, je vous en prie ! Lâchez cette dame ! De toute façon, elle ne me laissera pas tranquille tant qu'elle ne sera pas parvenue à ses fins ! » lança-t-il à la cantonade.

Des rires fusèrent.

Les policiers s'exécutèrent.

Wilma demeura un instant au sol, hébétée.

« Allons ! Levez-vous ! Vous vouliez me parler ! Je vous écoute ! Vous avez une minute et pas une seconde de plus ! »

Elle se redressa lentement et dévisagea l'assistance qui attendait. Le Président se trouvait devant elle, comme elle l'avait souhaité, pourtant, les mots lui faisaient défaut. Consciente qu'elle allait manquer l'occasion de défendre la cause d'Akka, elle se lança dans un vibrant plaidoyer. L'extinction, Aransas, les actions à mener, les idées se bousculaient dans sa tête. Plus de deux minutes s'écoulèrent. Elle eut la sensation qu'elle n'avait rien dit !

D'un geste de la main, le Président lui intima le silence. Il se retourna vers ses conseillers.

« Vous avez noté ? »

L'un d'eux acquiesça.

« Vous me préparez une note argumentée et un projet de texte. Cette question doit être réglée d'ici la fin de l'année. »

L'homme griffonna rapidement quelque chose sur sa feuille. Avant que Wilma ait pu ajouter quelque chose, le Président tourna les talons, l'ensemble de la délégation lui emboîtant le pas. Heureuse, elle balbutia d'une voix inaudible :

« Merci, monsieur le Président ! »

Il se retourna une fraction de seconde et lui adressa un sourire.

Le conseiller s'approcha d'elle et lui remit une feuille comportant un nom et un numéro de téléphone.

« J'aurai besoin de vos lumières. Merci de m'appeler très vite. »

Elle resta là, seule, le papier dans la main. Plus personne ne s'intéressait à elle. À quelques dizaines de mètres, les discussions entre les membres de la délégation battaient leur plein après le bref discours d'accueil du Gouverneur.

Elle se sentait vidée. Elle avait gagné cette partie, mais elle était éreintée.

Elle se retourna pour gagner la sortie et sursauta. Là, appuyé à la porte, se tenait Joe, dans une attitude martiale, comme à son habitude. Il avait quitté son domaine, ses marais, ses pièges pour venir jusqu'à l'aéroport de Houston. Elle n'en revenait pas !

Le 31 décembre 1937, le président Roosevelt signa un décret érigeant les 47 215 acres de la péninsule Blackjack, dans les comtés texans d'Aransas, Calhoun et Refugio, en réserve naturelle. Ce fut une grande victoire pour Wilma et tous ceux qui œuvraient depuis de longues années à ses côtés. Mais le plus important à ses yeux fut la lettre qu'elle reçut de son père. Elle l'avait toujours tenu au courant de ses avancées. C'était la première fois qu'il lui écrivait depuis qu'elle était partie étudier à l'université. Elle imagina, en souriant, l'effort que cela avait dû lui demander en examinant son écriture appliquée, ses lignes bien tracées. Il la rassurait en lui disant que tout allait bien, qu'il se sentait en pleine forme malgré les années, qu'elle serait étonnée de voir qu'il était devenu plus sociable, acceptant même parfois les invitations de Mme Brighton, et qu'il tenait surtout à lui dire à quel point il était fier d'elle et que, même si, après son départ, elle lui avait terriblement manqué, il ne regrettait pas sa décision. Wilma sentit les larmes lui monter aux yeux et se promit de rendre bientôt visite à John.

Entièrement vouée à ce lobbying exténuant, la jeune femme manqua la « marée haute », le retour des oiseaux puis, engagée dans la conception du plan de gestion de la réserve, n'eut pas davantage l'occasion d'assister au départ du printemps pour le Canada. Cela faisait maintenant presque deux ans qu'elle n'avait pas vu Akka et elle se demandait, inquiète, si la grue était toujours vivante. Les nouvelles de Louisiane n'étaient pas bonnes. À plus de quatre cents kilomètres au nord du Texas, à White Lake, onze oiseaux seulement étaient encore présents et aucune reproduction n'avait eu lieu cette année-là.

Wilma attendit avec angoisse le retour des migrateurs à Aransas. À partir du 15 octobre, elle se rendit chaque jour dans les marais pour inspecter le ciel. Depuis l'épisode de l'aéroport, Joe s'était rapproché d'elle. Certes, il avait gardé sa détestable habitude d'apparaître par surprise, mais Wilma pouvait dire à peu près où et quand il l'attendait, car c'était bien de cela qu'il s'agissait. Ses apparitions relevaient désormais davantage d'un rituel que d'une mise en scène. Une sorte de connivence s'était installée entre eux. Elle avait finalement compris qu'au-delà des apparences, c'était elle qui maîtrisait la situation et menait le jeu. Ces simulacres d'apparition masquaient en fait une réalité : Joe attendait ses visites. Aucun des deux n'était dupe, mais l'honneur était sauf en quelque sorte. Joe jouait l'insaisissable et elle feignait d'ignorer son attente. Leurs échanges verbaux demeuraient cependant très limités. Petit à petit, elle se rendit compte qu'il s'exprimait plus par son corps que par les mots. Ses gestes, ses mimiques, la tension de ses muscles correspondaient à des sentiments aussi variés que la colère, la tendresse ou le désarroi. Ce fut une révélation pour la jeune femme. Joe, comme un animal, manifestait ses émotions à travers son corps. Elle se demanda si ces expressions corporelles relevaient de son appartenance au peuple indien, à sa vie solitaire ou à sa relation quasi fusionnelle avec la nature. Elle conclut que la réponse se trouvait dans chacune de ces hypothèses.

Une chose était certaine : elle se sentait bien avec Joe, mieux qu'avec aucun autre homme. Il semblait la comprendre de manière intuitive, anticipant ses questions, ses réactions et ses émotions.

Durant les longues heures d'attente au milieu du marécage, ils apprirent à se connaître en s'observant avec attention. Interprétant chacun de ses gestes, Wilma parvint, petit à petit, à tout décrypter. Enfin, presque tout. Il restait des postures, mimiques et tensions dont elle ne parvenait pas à saisir la signification. Elle aurait bientôt la réponse alors qu'au cours d'un de leurs échanges, ils évoquèrent ensemble la vie de la tribu de Joe. Il lui raconta les actions de chasse, la pêche, les rituels. Tandis qu'il s'exprimait, elle retrouva soudain cet ensemble d'expressions. Les yeux de Joe brillaient, son corps paraissait vibrer, il parlait, de plus en plus vite, d'une voix plus chaude, presque palpable, solide. La jeune femme l'écoutait, médusée. Elle ne l'avait jamais entendu s'épancher ainsi. Alors, la réalité lui sauta enfin aux yeux. Ce qui provoquait tout cela ne pouvait être que l'amour. Ce fut un soulagement. Enfin, elle avait réussi à déchiffrer le signal brouillé. Mais son enthousiasme fut de courte durée, car si, dans le cas présent, il s'agissait de la manifestation de l'amour d'un homme pour son peuple, les autres fois… Un blocage se produisit. Il y eut un arrêt dans son association d'idées. Curieusement, les ultimes connexions neuronales semblaient difficiles à établir. Le constat tomba, brutal : à plusieurs reprises, Joe lui avait signifié son amour par ses attitudes! Wilma décida de reporter à plus tard toute réflexion sur cette découverte quand elle s'aperçut que Joe s'était tu. Elle ignorait depuis combien de temps. En le regardant, elle put lire dans ses yeux qu'il savait! Il avait compris qu'elle avait découvert son secret. Un peu hébétée, elle se leva et fit quelques pas vers lui, comme engourdie par une longue immobilité. Il n'y avait désormais plus de dissimulation possible entre eux après cet aveu silencieux.

Brusquement, alors que l'air se chargeait d'humidité, Wilma perçut un bruit lointain. Elle se concentra en fermant les yeux. C'était imperceptible, mais cela recommençait! Elle en eut la certitude : les grues arrivaient. Une sorte de frénésie s'empara alors d'elle. Elle attrapa les jumelles suspendues à une branche et se dirigea vers la lisière des saules, au-delà de l'observatoire. Elle savait qu'elle était visible, que sa présence pouvait perturber l'arrivée des oiseaux; ce fut pourtant irrépressible. Elle vérifia que la direction du vent n'avait pas changé, assura sa stabilité en écartant légèrement les pieds et dirigea les jumelles dans la direction opposée. Le ciel était gris tandis que la nuit commençait à tomber. Au début, elle ne vit rien. Les cris étaient à peine audibles. Il fallait vraiment qu'elle soit convaincue qu'il s'agissait des migrateurs pour persévérer. Joe, assis, l'observait à la dérobée comme s'il la voyait pour la première fois. Il éprouvait un étrange sentiment envers cette jeune femme entièrement tournée vers une mission qu'elle s'était assignée, si déterminée, sûre d'elle, de ses intuitions, de sa place dans l'univers !

Wilma distingua de minuscules points parmi les nuages. Elle compta huit oiseaux qui arrivaient plein nord. Sur les côtés, elle remarqua d'autres scintillements... Deux petits groupes de trois ou quatre oiseaux tout au plus. Un peu en arrière, il y avait encore quelques traits dans le ciel. L'ensemble des migrateurs arrivait en une seule vague cette année-là, jugea-t-elle. Un nombre dérisoire. L'espèce n'était plus représentée à Aransas que par une poignée de survivants en sursis. Les appels se firent plus nets et elle regagna le couvert des arbres pour ne pas ajouter un stress inutile à la situation. Joe se leva pour la rejoindre. Ensemble, ils virent peu à peu les silhouettes se préciser et la troupe regagner ses terres ancestrales pour un repos hivernal bien mérité. Ils assistèrent au conciliabule préalable à l'atterrissage. Il fut court. La grue de tête amorça une descente rapide, suivie de près par ses congénères qui s'étaient regroupés. Ils étaient dix-huit en tout, compta Wilma. Parmi eux, quatre jeunes. Avec les onze de White Lake, cela faisait donc moins de trente représentants pour toute l'espèce !

Majestueuse et digne, la première grue effleura le sol du bout de ses pattes graciles, replia ses ailes et s'immobilisa. En moins d'une minute, tous les échassiers se posèrent. Alors, la première leva une patte d'un geste lent, s'immobilisa en scrutant les alentours puis la posa doucement devant elle. Elle leva ensuite la seconde et reprit son manège avant de se déplacer à un rythme normal. Elle boitait ! C'était Akka !

1939 démarra dans l'inquiétude. Après avoir annexé l'Autriche puis envahi la Tchécoslovaquie, les nazis se préparaient à déclencher un nouveau conflit mondial assorti d'un indescriptible holocauste. En Amérique, loin du théâtre européen, nul ne parvenait à être réellement insouciant. Les gars étaient partis donner un coup de main en 1914. Le peu qu'ils avaient raconté à leur retour avait suffi à semer la terreur sur le visage des mères.

« La guerre est une dévoreuse de jeunes gens, d'enfants et de vies. Une source de souffrances, de plaies physiques et psychologiques qui ne se referment qu'avec la mort de ceux qui l'ont vécue. Elle génère la haine de l'Autre, une haine implacable issue de la vengeance réclamée. Orchestrée par des dictateurs, la haine devient le moteur d'une nation, l'effacement de la défaite devenant sa raison de vivre quand tout va mal. Ainsi, le nazisme fit son lit dans les lendemains du premier conflit mondial. Il exploita habilement la souffrance, la fragilité et l'extrême précarité de pauvres bougres mis à la rue par la crise de 1929. »

Wilma écouta machinalement le discours de l'orateur sur la place devant le magasin. L'homme était humble. Tout dans ses vêtements et son attitude le confirmait. L'aisance, la qualité et la facilité de son langage détonnaient avec son apparence physique. Il avait pour lui la force de la conviction. Ses émotions étaient perceptibles à travers le débit irrégulier de son propos.

Il continua :

« Il n'y a même pas vingt ans que c'est fini. Et ça recommence ! Qu'on nous fiche la paix ! Non à une Deuxième Guerre mondiale ! Car cette guerre sera mondiale, soyez-en sûrs ! Et plus mondiale encore que la première ! Plus meurtrière aussi ! Peut-être cent millions de morts ! C'est loin l'Europe ? Ne croyez pas que l'Amérique sera épargnée ! Depuis longtemps, pas mal de gens aimeraient bien nous régler notre compte ! »

Wilma avait profité d'un moment de répit dans sa journée pour faire quelques courses et se changer les idées. Abattue par ce qu'elle venait d'entendre, qui ne fit qu'aggraver sa morosité, elle jugea que cela suffisait, tourna les talons, entra dans le magasin et fit ses emplettes. Dehors, quelques applaudissements retentirent.

Elle paya rapidement et ressortit. L'attroupement avait disparu. Seuls deux ou trois groupes poursuivaient des discussions animées tout en s'éloignant de la place. Wilma demeura un moment dans l'embrasure de la porte. Le ciel au-dessus des maisons était limpide, il faisait chaud mais la brise, légère, apportait une fraîcheur agréable. On sentait que la fin de l'été approchait. Le ciel lumineux lui procura un sentiment de joie bienfaisant. Elle s'accorda un instant de félicité, ferma les yeux, sentit tous ses muscles se détendre et son cœur battre. Ragaillardie, elle remonta la rue vers l'église. Il lui fallait rentrer et retrouver le centre qu'elle avait fondé.

Trois jours plus tard, la France et l'Angleterre déclaraient la guerre à l'Allemagne.

Même si l'Amérique ne s'impliqua pas immédiatement, l'effet de cette annonce se ressentit sur les crédits alloués au centre. L'économie du pays qui peinait à se remettre de la grande crise de 1929 s'orienta résolument vers une industrie de guerre pour soutenir les Alliés dans un premier temps. Les crédits du refuge furent réduits d'un tiers dès la fin de l'année, puis en 1941, année de l'entrée en guerre des États-Unis après l'attaque de Pearl Harbor, divisés par deux. Les premières années d'existence du centre avaient été marquées par l'action du Civilian Conservation Corps[1]. Fondé par le président Roosevelt en 1933, ce corps était destiné avant tout à fournir du travail à des milliers de jeunes chômeurs qui participaient à la réalisation de projets divers concernant la protection de la nature. Aransas accueillit ainsi deux cents employés destinés à l'aménagement de la réserve qui réalisèrent des routes, des édifices. Grâce à leur action, le centre put fonctionner dès le début dans d'excellentes conditions.

Le déclenchement de la Seconde Guerre mondiale conduisit le gouvernement à abandonner ce programme. Les effectifs du centre fondirent comme neige au soleil, ils ne furent bientôt plus que trois permanents. Dans ces conditions, toute action d'envergure devenait impensable. On se limita aux tâches strictement nécessaires : gardiennage, suivi de quelques

1. Corps civil de protection de l'environnement.

espèces, entretien des locaux et des chemins. Il fallut faire avec les moyens du bord, le bricolage devint la règle. À tout hasard, Wilma annonça, lors d'une réunion, que le centre cherchait des bénévoles. Elle fit cette demande sans grand espoir, avec honte presque. Quelle cause suffisamment noble pouvait justifier un engagement autre que celui de défendre son pays dans ces temps incertains ? À sa grande surprise, plusieurs volontaires se manifestèrent dans les jours qui suivirent. Elle en conclut que la sauvegarde des espèces prenait de l'importance, même en période de conflit.

Paradoxalement, la situation de la grue amorça une légère embellie. Vingt-deux oiseaux revinrent à Aransas. Parmi eux, sept jeunes de l'année. Un résultat exceptionnel pour un groupe si réduit. La troupe de Louisiane gagna quant à elle deux individus supplémentaires, portant le total connu à trente-cinq.

Cela ne dura guère. Lors d'une tempête tropicale de très forte ampleur, quelques semaines avant le retour du groupe du Canada, les effectifs de la population de Louisiane diminuèrent de moitié. Lorsqu'elle apprit cette nouvelle, Wilma eut un sinistre pressentiment : ce petit groupe ne s'en remettrait jamais, elle en était certaine. Elle plaçait désormais tous ses espoirs dans les oiseaux qui effectueraient la migration entre le Canada et Aransas avec tous les risques que celle-ci comportait. Ils représentaient la dernière chance de leur espèce, avec les rares oiseaux vivant en captivité.

La reproduction de ces derniers, Wilma le savait, était dans tous les cas un élément à développer pour compléter les actions dans la nature. Mais un rapide état des lieux la fit déchanter. On manquait d'expérience en la matière. Seuls les éleveurs anglais bénéficiaient d'un savoir-faire incontestable, mais il ne concernait que les faisans et les canards. Et ce qui ne posait pas de problèmes chez les canards dans un parc ne s'appliquait pas forcément à un oiseau destiné à recouvrer la liberté et ses dangers, et qui devait impérativement savoir se nourrir et se défendre des prédateurs !

Sans compter qu'il y avait très peu d'oiseaux disponibles. À vrai dire, un seul, un mâle, Pete, borgne, propriété d'un club de chasseurs du Nebraska.

Comme si ces écueils ne suffisaient pas, Wilma se heurta à l'incrédulité des naturalistes et de certains scientifiques jugeant d'emblée très improbable tout succès de reproduction en captivité.

On lui opposa qu'étant donné le faible nombre d'oiseaux existants, il était difficile d'imaginer capturer ne serait-ce qu'un individu libre et sauvage, alors qu'on ignorait tout de l'issue de ce type d'expérience. Il serait certes à l'abri des nombreux aléas liés à une longue migration. Pas de risque de manque de nourriture ni de collision avec une ligne électrique, pas de risque de périr d'un coup de fusil malencontreux. En revanche, comment être certain d'obtenir une reproduction suffisante de cette espèce au seuil de l'extinction ?

Au cours de ses longues discussions avec la Société d'Audubon ainsi qu'avec d'autres collègues, Wilma se heurta ainsi à un rejet quasi total de sa proposition. Elle avança cependant que les oiseaux de Louisiane étaient probablement condamnés et qu'il était préférable de les capturer afin de tenter le tout pour le tout. Ses interlocuteurs lui répondaient invariablement la même chose. Bien sûr, les oiseaux de Louisiane étaient très peu nombreux, mais ils n'avaient pas à affronter les dangers de la migration. Malgré leur faible effectif, ils représentaient une population dont les chances de survie à long terme étaient meilleures que celles des oiseaux d'Aransas. Les extraire de leur milieu naturel ferait prendre un risque trop important à l'espèce. Il fallait attendre de disposer d'un groupe plus important pour envisager l'expérience. Elle eut beau leur rétorquer qu'on ne savait même pas s'il restait une femelle parmi les survivants, que leur faible nombre était sûrement un frein à la reproduction, précisément en raison d'une absence de stimulation comportementale, et demander que l'on regroupe les oiseaux de Louisiane dans la troupe d'Aransas afin d'obtenir un ensemble génétique plus varié, rien n'y fit.

Pourtant, la situation était critique. Il restait à peine vingt grues blanches au total ! Et aucune naissance dans le groupe de Louisiane. Wilma se désespérait. Décidément, le monde entier allait de travers. Alors, comme souvent lorsqu'elle était d'une humeur sombre, elle décida de quitter la ville, de se réfugier dans la nature. Absorbée par sa mission qui ne lui laissait guère le temps d'établir des relations, de mener une vie sociale, Wilma aimait ces moments de solitude.

Pourtant, cette jeune femme altière, décidée, à la démarche féline et au corps musclé grâce à ses nombreuses randonnées et activités dans les marais, attisait la convoitise masculine. Ils étaient nombreux à vouloir s'attirer ses grâces. Elle exerçait une réelle fascination sur beaucoup d'hommes. Au-delà de sa beauté plastique, il émanait d'elle un charme au sens magique du terme : un sortilège. Sa ténacité était devenue légendaire. Sa capacité à réaliser la synthèse des situations les plus complexes, à faire coopérer des personnes que tout opposait et sa grande disponibilité ajoutaient à son attrait. Elle paraissait néanmoins indifférente à toutes les avances dont elle était l'objet. Elle jugeait sévèrement la plupart de ces prétendants en quête de sensations sexuelles fortes, d'une mère protectrice ou d'un mentor. Wilma savait qu'elle ne menait pas la vie conventionnelle d'une jeune femme de son âge. Elle aurait dû avoir un mari, une maison, des enfants. Mais cette situation lui convenait. Ses rares expériences amoureuses l'avaient déçue. Elle n'avait pas connu l'intensité de l'extase dont tout l'imaginaire populaire était rempli. Les seules sensations mémorables qu'elle avait eues concernaient les épisodes d'étrange fusion entre son corps et la terre. Les hommes étaient toujours si pressés. L'acte sexuel semblait correspondre chez eux à l'aboutissement de leur conquête, une fin en soi.

Elle n'était pas habitée du désir d'enfanter. Elle mettait cela sur le compte de son enfance privée de mère. Sans doute la présence de

Marjorie l'aurait-elle amenée à avoir une autre opinion sur le sujet.

Un seul homme avait réussi à éveiller son intérêt : Joe. Une grande complicité s'était établie entre eux depuis que tous deux avaient discerné leur attirance mutuelle. Ils partageaient la même passion pour la nature. Joe lui mimait les relations ancestrales qui régnaient entre les êtres vivants, la création du monde, apportant une dimension spirituelle aux notions d'écologie qu'elle avait assimilées à l'université. En dignes représentants de cultures différentes, d'approches dissemblables, ils avaient parfois du mal à se comprendre. Wilma s'empêtrait dans son jargon scientifique s'appuyant sur des observations visuelles. Lui tentait de transmettre ses connaissances fondées sur les sensations, les émotions, faisant appel à tous les sens. Ils passaient ainsi leur temps à traduire la nature l'un pour l'autre.

Elle avait attendu longtemps qu'il l'invite chez lui dans sa cabane blottie au plus profond du marais, mais construite sur une légère élévation de terrain, ce qui lui assurait de rester au sec en permanence. Difficile d'accès, elle s'accordait avec Joe ; comme lui, elle était quasiment inaccessible, réfugiée sur un îlot de solitude, insensible au monde des hommes, immergée dans la nature.

Pour s'y rendre, il fallait emprunter plusieurs chemins étroits sur des sols incertains, des sentes qui suivaient les passages naturels formés par les cours d'eau temporaires, les circuits territoriaux des ratons laveurs ou d'autre gibier. Souvent, le trait noir de la tourbe se distinguait à peine sous la végétation et disparaissait tout aussi subitement, une fois emprunté.

Wilma avait décidé de se rendre seule à la cabane, quitte à risquer un regard désapprobateur de Joe. Elle avait à peu près repéré son emplacement sur une photographie aérienne grâce à un magnifique taxodium qui dépassait ses congénères d'une bonne dizaine de mètres. Ce repère rassurait l'aventurière qu'elle devenait dans les marécages. Il lui permettait de s'orienter approximativement sur sa route. Au début, elle essaya de refaire le chemin de mémoire. Elle dut déchanter. Seul quelqu'un qui connaissait par cœur le terrain, comme Joe, pouvait effectuer deux fois de suite le même trajet, et encore. Elle se résigna à se diriger grâce au soleil, en espérant ne pas rencontrer trop de difficultés.

Pour rallier la cabane, elle avait mis environ une demi-heure avec Joe. Cette fois, il lui fallut plus de deux heures. Elle se retrouva une dizaine de fois dans des culs-de-sac. Elle fut contrainte de faire demi-tour trois fois parce que son trajet l'éloignait de sa destination. Enfin, à deux reprises, elle passa au travers de la tourbe qui flottait par endroits, et ne dut son salut qu'à ses bons réflexes qui lui permirent de saisir la branche la plus proche chaque fois. Trempée, boueuse, elle allait renoncer quand elle distingua une masse sombre dans les sous-bois. C'était l'abri de Joe. Elle n'avait pas remarqué, lors de ses visites précédentes, combien il se fondait dans son environnement, devenant pour ainsi dire invisible.

Arrivée devant la porte, elle donna deux ou trois coups discrets, comme si elle craignait de déranger Joe ou même la cabane. Elle attendit ce qui lui sembla une éternité puis frappa à nouveau, plus fort. Aucun mouvement ne se produisit. Le lieu semblait endormi.

Elle se décida à entrer. Comme dans sa cabane au bord du « Minissippi », un simple loquet tenait lieu de verrou. Elle le souleva avec précaution et poussa le battant. Il y eut un léger grincement puis la porte, entraînée par son poids, s'ouvrit. Aucun doute, il n'y avait personne. Le mobilier était sommaire et rustique :

une table en bois à peine dégrossi, une bille de bois faisant office de tabouret, quelques ustensiles de cuisine et c'était tout. Wilma nota dans un coin un second tabouret qui ne s'y trouvait pas lors de sa précédente visite. Joe avait dû le fabriquer à son intention.

C'est dans cette pièce minuscule qu'il l'avait accueillie. Il y avait pourtant nécessairement une autre pièce puisqu'elle ne voyait aucun lit. Une envie irrésistible d'explorer ce qui devait être la chambre de Joe s'empara d'elle.

Fatiguée, crottée et trempée, elle décida pourtant de s'accorder d'abord un moment de repos. Au fond d'elle-même, sa conscience lui disait que cela laisserait le temps à son hôte de rentrer et lui éviterait ainsi un acte aux conséquences sans doute dommageables.

Elle aperçut des bûches près de la cheminée. Elle alluma rapidement un feu, ôta ses vêtements et les mit à sécher tandis qu'elle s'emmitouflait dans une couverture. Le pantalon, le pull et le manteau exhalèrent bientôt des volutes de vapeur. Engourdie par la chaleur, Wilma sombra dans un profond sommeil.

Quand elle se réveilla, le feu était presque éteint. Elle le ranima, palpa ses vêtements pour constater qu'ils étaient presque secs. Il faisait encore jour, mais le soleil à l'horizon déclinait. Elle calcula qu'elle mettrait plus de deux heures pour rentrer chez elle et qu'il valait mieux qu'elle passe la nuit sur place.

Elle eut faim soudain. Elle fouilla dans les rares boîtes présentes sur une étagère et ne trouva que du sucre. En levant les yeux, elle découvrit de la viande séchée suspendue à une poutre. Elle grimpa sur la bille de bois la plus proche, décrocha un quartier et se mit à la recherche d'un couteau. Elle finit par en dénicher un qu'elle sortit nettoyer puis l'essuya avec une touffe d'herbe. De retour dans la cabane, elle se coupa une tranche respectable. Cette viande était un délice ! Wilma retrouvait les sensations de son enfance, savourant chaque bouchée, profitant de saveurs oubliées. Quand elle eut terminé, elle raccrocha ce qui restait à la poutre, nettoya soigneusement le couteau puis le rangea.

Le ventre plein, elle décida de poursuivre son exploration et s'avança vers la chambre. La porte s'ouvrit sans aucune résistance. Il faisait sombre de ce côté de la cabane et ses yeux mirent du temps à s'adapter à cette obscurité. À sa grande surprise, elle découvrit un vrai lit avec un matelas, des draps, une couverture et un oreiller à côté d'une planche dégrossie qui servait de table de nuit et sur laquelle trônait une bougie enfoncée dans un rondin scié dans une branche. Au sol, une peau de bête. Une étagère sur sa droite, en bois raboté, attira son attention : elle contenait des livres rangés avec soin !

Wilma referma la porte et s'approcha. Elle eut un sursaut en découvrant parmi les ouvrages *Les Aventures de Tom Sawyer* ainsi que d'autres titres de Mark Twain. Elle fit le lien aussitôt. Dans *Tom Sawyer*, l'un des personnages, peu engageant au demeurant, s'appelait… Joe l'Indien !

Deux cadres rutilants ornaient l'étagère. Dans le premier, une photographie sépia qui commençait à pâlir. Elle représentait un homme noir et une femme d'apparence indienne avec un enfant qui pouvait être Joe. Dans le second, la photographie était en plus mauvais état. Deux personnages se tenaient debout devant le marais et l'on distinguait une cabane en arrière-plan. Si l'un semblait simplement saisi dans sa vie quotidienne, l'autre avait manifestement pris la pose. Le premier était un Indien et le second un homme blanc de haute stature. Sa tenue faisait penser à celle d'un trappeur et il serrait dans la main gauche un long fusil posé au sol sur sa crosse. Wilma était intriguée par cet homme dont le visage blanchi par le temps et la posture lui rappelaient quelqu'un. Elle avait déjà vu un cliché similaire. C'était dans la revue d'Audubon, un des tout premiers numéros. Et le personnage était… Jean Jacques Audubon ! Il était donc venu dans les marais et avait rencontré les ancêtres de Joe. Un sourire éclaira son visage ; une fois de plus, tout était lié.

Un carnet accrocha son regard. Elle le prit et le feuilleta. Il contenait des notes sur les grues ainsi que des croquis et des dessins d'une femme et d'une grue, séparées mais parfois ensemble. Quelques esquisses avaient visiblement pour but de faire se rapprocher les silhouettes, les attitudes ou les regards des deux êtres. Il n'y avait aucun doute sur l'identité de l'une et de l'autre. Il s'agissait d'Akka et de Wilma !

La jeune femme, fascinée par ses découvertes, s'attarda encore quelques minutes. Le carnet la perturbait beaucoup.

Wilma dut se rendre à l'évidence : Joe n'était pas dans les parages. Elle quitta la cabane et prit le chemin du retour qui serpentait dans le marais. Elle était à la fois déçue et soulagée de son absence. Déçue, car elle aurait aimé partager un moment avec Joe pour qui elle ressentait une attirance croissante. Soulagée, car cela différait une rencontre pleine d'incertitudes, d'envies enfouies et d'un malaise palpable.

Dix minutes après son départ, elle bifurqua à droite sur une piste de ratons laveurs. Un mouvement attira son attention et lui fit tourner la tête. Joe était là, dans l'eau jusqu'à la taille, penché en avant, absorbé par une tâche qu'elle estima être la capture d'un poisson. Elle sentit son cœur s'emballer et cogner dans sa poitrine. Elle semblait pétrifiée. Joe était torse nu et elle pouvait détailler les sillons des muscles de ses larges épaules. Elle l'avait trouvé beau dès leur première rencontre. Une beauté naturelle en phase avec la nature qui était son domaine. Maintenant, elle le regardait avec désir. Une pulsion la saisit et son cœur s'emballa encore. Des frissons parcouraient ses jambes et des ondes s'insinuaient entre ses cuisses. Elle avait le souffle court et ferma les yeux. Cela faisait longtemps qu'elle n'avait pas ressenti un appel de la vie aussi intense. Dans sa tête, des images se bousculaient : le souvenir de l'odeur de la mousse à l'université, le brame des cerfs, le « Minissippi »...

Elle rouvrit les yeux. Joe avait disparu ! Avant qu'elle ne puisse esquisser le moindre geste, elle sentit deux bras l'entourer avec douceur. Les deux mains de Joe se posèrent sur son ventre tendu par le désir. Elle sentit son souffle chaud sur sa nuque, sur son cou. Elle s'abandonna. Les mains de Joe remontèrent sur ses seins dressés. Un tourbillon de sensations l'emporta. Les mains s'étaient glissées sous son chemisier et parcouraient avec légèreté sa peau électrisée. Tout bascula autour de Wilma, les arbres, le ciel, le marais. Dans un mélange de délicatesse et d'urgence absolue, leur étreinte fut frénétique. Une légère pluie chaude se mit à tomber. Elle semblait bénir le couple formé sous les frondaisons. Ils ruisselaient et cela mêlait un peu plus leurs peaux transies. À l'image des grues, une longue suite de rituels se succéda avant qu'ils ne fassent plus qu'un. À partir de cet instant, la fulgurance s'empara de Wilma et Joe qui explosèrent simultanément et longuement. Ils restèrent immobiles un long moment, goûtant l'intensité de la fusion. Puis ils se retrouvèrent dans les bras l'un de l'autre, silencieux. La pluie s'intensifia et Joe saisit sa veste pour en couvrir Wilma, blottie contre lui. Elle avait trouvé un homme sur qui elle pouvait se reposer, avec qui elle pouvait se laisser aller !

De retour au centre, transformée par sa rencontre avec Joe, Wilma se plongea de nouveau dans la lecture des travaux du zoologiste autrichien Konrad Lorenz qui commençait à poser les bases d'une nouvelle discipline fascinante : l'éthologie ou l'étude du comportement animal. Ses travaux concernaient les oies cendrées qu'il avait élevées depuis leur naissance et qui lui portaient un étrange attachement. Sous le terme d'« imprégnation », Lorenz montrait qu'un instinct pousse certaines espèces d'oiseaux à s'identifier au premier être vivant qu'elles rencontrent au moment de l'éclosion. Elles le considèrent alors comme un congénère et parfois comme un futur partenaire sexuel. Un sourire apparut sur les lèvres de la jeune femme. Son étreinte avec Joe se rappelait à son corps.

Les études de Lorenz intriguèrent Wilma, « celle-qui-cherchait-à-tout-expliquer », comme l'avait surnommée Joe. Centrée sur son idée de reproduction en captivité, elle se demanda si l'imprégnation était un phénomène aussi important chez les grues blanches. Elle décida donc de développer des études sur le comportement des grues d'Aransas. Dans un premier temps, elles ne pourraient porter que sur leur séjour hivernal, mais elle ne doutait pas que ce serait riche d'enseignements. Ensuite, il était toujours possible de faire appel aux scientifiques qui travaillaient dans d'autres régions, sur d'autres espèces de grues, pour récupérer des informations complémentaires concernant la période de reproduction. Au cours de l'hiver, Wilma prit ainsi contact avec diverses équipes à travers le monde et commença à accumuler des données comportementales sur la période de nidification.

Sur le terrain, elle s'attela à la tâche en observant quotidiennement les grues. Elle décela les liens hiérarchiques entre elles. Akka, qui atterrissait toujours la première, était incontestablement le chef du groupe. Elle assumait cette tâche en concertation avec ces congénères, quand une décision concernait le groupe dans son ensemble, comme le montraient les longs conciliabules précédant les atterrissages.

À l'approche du départ pour les terres du Nord, l'organisation de la troupe se trouvait bouleversée. Les jeunes de l'année qui restaient jusque-là aux côtés de leurs parents se voyaient assez brutalement confrontés à l'agressivité de leurs géniteurs. Ces derniers leur enjoignaient de voler désormais de leurs propres ailes. Une longue période d'errance commençait alors pour eux, tandis que leurs parents, après les avoir rejetés, resserraient les liens du couple en s'adonnant à des danses de plus en plus longues qui se terminaient parfois par des accouplements. Les jeunes oiseaux, d'emblée exclus de la reproduction, assistaient, intrigués, à ces scènes. L'approche du printemps éveillait chez eux des sensations inconnues que, maladroits, ils tentaient de reproduire à leur manière. Puis, au moment du départ, s'instaurait de nouveau une logique collective. La troupe se rassemblait et, après plusieurs tentatives, les grues prenaient la direction du Canada.

Wilma, la gorge nouée, debout sous les saules, assistait à leur départ, fidèle au rendez-vous, en se demandant si ce n'était pas le dernier qu'elle verrait. Sur les quinze grues blanches qui venaient de s'envoler, combien reviendraient ? Si elles revenaient…

QUATRIÈME PARTIE

Assise derrière la petite table qui lui servait de bureau, Wilma parcourut le tableau récapitulatif des sept dernières saisons. Il ne restait plus qu'une seule grue blanche en Louisiane. On ne pouvait plus rien faire pour ce groupe désormais virtuellement éteint. Tous les espoirs se reportaient sur les grandes voyageuses d'Aransas. C'était comme la flamme d'une bougie qui vacillait dans la nuit. Un coup de vent plus fort que les autres pouvait en avoir raison. Pourtant, elle se ravivait sans cesse, reprenant vigueur. Des jeunes naissaient chaque printemps, là-bas dans le Nord canadien, et une partie revenait à Aransas. Néanmoins, cela compensait à peine le taux de mortalité. Il y avait bien sûr des pertes naturelles, mais, des témoignages le prouvaient, les grues blanches continuaient d'être chassées, l'espèce étant confondue avec sa cousine la Sandhill ou d'autres grands échassiers.

Constatant le lent et inexorable déclin de la population de Louisiane, Wilma avait tout tenté pour convaincre ses opposants d'accepter des transferts de population et des tentatives de reproduction en captivité. Pour finir, comme souvent en de pareilles circonstances, c'est une succession d'événements indépendants de la volonté des hommes qui accéléra les opérations.

Tout d'abord, un oiseau blessé fut récupéré en Louisiane. Comme il ne pouvait être remis en liberté, la décision fut prise de le transférer au zoo d'Audubon à La Nouvelle-Orléans, en attendant de trouver une autre solution. Joséphine, c'est ainsi que l'échassier femelle fut nommé, se retrouva dans la même situation que Pete, le mâle borgne. Pour la première fois, un couple était captif, malgré les centaines de kilomètres qui les séparaient. Des voix se firent entendre en faveur d'un rapprochement des oiseaux. Le bon sens réclamait en effet de tenter l'expérience afin d'augmenter les chances de survie de l'espèce.

Mais il fallait encore discuter du mode de transport choisi, des mesures d'accompagnement durant le transfert, de la mise en quarantaine à l'arrivée, du temps d'acclimatation, du protocole de mise en relation des grues et de reproduction, en semi-liberté ou en volière totalement fermée.

Les discussions s'éternisaient. Wilma enrageait. Elle n'avait aucune prise sur les décisions, celles-ci revenant à la direction du centre, seule habilitée à négocier le rapprochement des oiseaux auprès de la Société d'Audubon et des chasseurs du Nebraska. Soudain, elle regrettait d'avoir toujours refusé les jeux de pouvoir, se contentant d'un formidable activisme au service de « sa » mission. Son indépendance, qui faisait sa force, lui avait joué des tours. Elle avait agacé plus d'un élu par ses interventions musclées dans des assemblées ou la bienséance réclamait de ne pas faire de vagues.

Elle enchaîna les échanges avec les membres de son réseau, les prises de position publiques et les interpellations dans un lobbying qui n'aurait pas déplu à bien des édiles, bien qu'ils fussent souvent désagréablement surpris par ses sommations.

Les dernières négociations furent acharnées. Finalement, lors d'une réunion du conseil d'administration de la réserve, la décision fut prise : Pete et Joséphine seraient transférés à Aransas, chacun des oiseaux restant la « propriété » de son découvreur. Le contrat serait revu chaque année en fonction des résultats de la reproduction.

Joséphine, celle que l'on surnommerait plus tard la reine des grues blanches, allait bientôt connaître un destin hors du commun pour un oiseau sauvage.

À peine arrivés à Aransas, les échassiers manifestèrent rapidement les comportements de la reproduction puis construisirent un nid évasé constitué d'un amas de végétaux, qui dépassait à peine du sol. La réserve était en ébullition. Tous espéraient la venue d'un poussin. Mais les bonnes dispositions affichées par les partenaires cessèrent brusquement. Bien que très affectée par cet échec, l'équipe chargée du suivi de la reproduction se remit au travail. Elle réexamina l'ensemble du protocole, remettant en cause tous les choix effectués, cherchant des raisons possibles à cet échec et des solutions à apporter.

Une polémique s'installa. Les dépenses réalisées pour l'opération, qui s'ajoutaient à celles engagées pour la sauvegarde de l'espèce, furent contestées. Soutenues par certains élus, des voix s'élevèrent pour s'indigner des sommes allouées à ces programmes de sauvegarde de vulgaires animaux alors que des hommes et des femmes souffraient dans un pays qui tentait de construire une nouvelle économie au lendemain d'un conflit mondial. La polémique porta également sur le choix du mode de détention. Mais la semi-liberté, si elle était plus proche d'une vie dans la nature, mettait en péril adultes, œufs et jeunes en les exposant davantage aux risques de prédation.

Ce fut dans ce contexte houleux que l'on retrouva Pete mort un matin de juillet. Avec lui s'éteignirent les dernières chances d'une reproduction de l'espèce à partir d'oiseaux captifs.

Dans la réserve, l'abattement put se lire sur tous les visages. Face aux critiques qui fusaient de toutes parts, plus personne n'osait défendre le programme ou envisager l'avenir.

Une nouvelle fois, Wilma douta. Avait-elle vraiment fait tout ce qui était en son pouvoir pour sauver « sa » grue ? L'équipe n'eut guère le temps de s'apitoyer sur la disparition de Pete. Les grues revinrent de manière précoce du Canada, annonçant un hiver rude. Wilma en compta plus d'une trentaine, ce qui était de bon augure, même si la situation demeurait très précaire.

Fin octobre, un oiseau fut trouvé dans les marais, blessé. Sa vie n'était pas en danger, mais il ne pouvait reprendre le chemin de la liberté. Sa détention apportait de nouveaux espoirs : il s'agissait d'un mâle !

Baptisé Crip, il fut présenté à Joséphine dès qu'il fut rétabli.

Pendant plusieurs jours, on rapprocha les oiseaux. Dans un premier temps, leurs volières respectives furent munies d'un écran d'occultation les empêchant de se voir. Les observateurs notèrent pourtant rapidement des évolutions dans leur comportement, un intérêt évident pour ce qui se passait de l'autre côté, jusqu'à ce que la femelle manifeste son inquiétude au passage d'un rapace par un cri d'alarme perçant. Dès lors, un véritable dialogue verbal et gestuel se développa entre les deux échassiers, qui piquèrent de leur bec la clôture, comme pour la traverser.

Devant ces manifestations, le comité scientifique chargé du suivi de la reproduction décida d'accélérer la procédure de mise en relation directe. Une nuit, la cloison fut ôtée, mais pas le grillage. Dès l'aube, une très forte agitation s'empara des grues. Elles échangèrent des caresses du bec au travers des mailles, faisant les cent pas le long de leur frontière commune, s'agaçant de l'obstacle qui les séparait. Jugeant que cette phase était concluante et qu'il existait un sérieux risque de blessure pour les oiseaux qui se jetaient sur le grillage, les membres de l'équipe et Wilma décidèrent d'engager la dernière partie de l'« union », comme ils l'appelaient.

Joséphine et Crip furent éloignés l'un de l'autre par de légers effarouchements puis la séparation fut tirée dans un logement prévu à cet effet. Les deux techniciens restèrent en position, prêts à tout remettre en place en cas de problème. Deux autres techniciens se tenaient également prêts à intervenir pour séparer les oiseaux en cas de confrontation et procéder éventuellement à la capture de l'un des deux.

Les grues ne pouvaient voir les hommes et les femmes qui veillaient sur leur rencontre. L'équipe prit garde de son côté à ne pas faire le moindre bruit. Chacun observait la scène au travers de fentes pratiquées dans les planches du fond des volières. D'où elle se tenait, Wilma voyait parfaitement Joséphine. Celle-ci semblait examiner Crip, des pattes au bec, totalement immobile. Le mâle procédait de manière identique. Dans un bel ensemble, les deux oiseaux se déplacèrent en parallèle, feignant de s'ignorer. Wilma observa ses collègues qui semblaient tout aussi surpris qu'elle. Après toutes leurs démonstrations, voilà que les oiseaux faisaient preuve du plus total détachement. Du moins, en apparence.

La jeune femme, qui s'était abondamment documentée sur le comportement des grues, en vint à se demander si cette attitude n'allait pas précéder un affrontement. À titre de précaution, elle fit signe à un technicien de se tenir prêt à intervenir.

Dans la volière, le même simulacre d'indifférence se poursuivait. Chacun picorait sur le sol une proie inexistante, relevait la tête, observait l'autre, immobile, reprenait sa marche précautionneuse, et ainsi de suite. Au bout d'un quart d'heure de ce manège, Wilma commença à s'impatienter et à douter du succès de l'opération. Elle nota toutefois qu'au gré de leurs déplacements, les grues avaient amorcé un imperceptible rapprochement.

Dix minutes passèrent encore. Les volatiles se retrouvèrent côte à côte. Ils ne se regardaient plus, se contentant de parcourir leur espace commun avec des gestes d'une synchronisation parfaite, comme une chorégraphie réglée de longue date. Puis ils se séparèrent avec la même synchronisation.

L'après-midi était bien entamé, le ciel commençait à s'obscurcir vers l'est. Comme tout se déroulait parfaitement, l'équipe de suivi décida d'alléger le dispositif de surveillance. Il fut toutefois convenu que, pour cette première nuit, un tour de garde serait mis en place avec des relèves régulières. Tous voulurent y participer, ce qui permit de réaliser l'opération par groupes de deux. Wilma demanda à Joe de la rejoindre.

Le mois de novembre se terminait, il faisait frais, froid même. Leur veille dura de deux à quatre heures du matin sous un ciel clair constellé d'étoiles. La lune, au tout début de sa phase croissante, n'occultait pas le spectacle du firmament et, dans ces soirées d'automne, l'atmosphère sèche facilitait l'observation astronomique. Ce soir-là, la Voie lactée n'avait jamais si bien porté son nom aux yeux de la nouvelle Dr Blake. Wilma avait en effet décidé de faire de sa passion son sujet de thèse. C'était le seul moyen pour qu'on la prenne vraiment au sérieux. Cette « promotion scientifique » avait eu un impact qui dépassa ses espérances. Ses collègues masculins parurent sidérés. Ce qui les stupéfiait, ce n'était pas l'opiniâtreté qu'elle avait déployée pour parvenir à ses fins, depuis le temps qu'ils la connaissaient, sa réputation en la matière n'était plus à faire, non, ce qui les stupéfiait, c'était qu'une femme ait pu réussir là où ils avaient eux-mêmes réussi ! Wilma, interloquée par cette réaction, comprit que, si elle avait atteint son but car ses paroles et ses actes pour la cause qu'elle défendait avaient désormais plus de poids, il lui restait cependant un long chemin à parcourir.

Wilma contempla la voûte céleste et tenta de retrouver les constellations que son père lui avait décrites autrefois sous ces nouvelles latitudes. Certaines étaient en effet beaucoup plus basses sur l'horizon, d'autres, en revanche, plus facilement observables. Enfin, s'il manquait des incontournables à l'appel, d'autres agencements lui étaient totalement inconnus.

Comme à son habitude, Joe était silencieux. Cela n'avait jamais gêné leur relation.

Du côté des volières, pas un son, pas un mouvement. Les deux oiseaux devaient dormir, la tête sous l'aile, les sens aux aguets.

À la fin de leur tour de garde, Joe sembla s'animer. Il fouilla à plusieurs reprises dans ses poches et finit par en sortir un vieux carnet tout usé. Celui dont Wilma avait parcouru les pages dans la cabane. Joe l'ouvrit avec précaution, comme s'il s'agissait d'une bible. Wilma put vaguement distinguer dans le noir des écrits, des schémas, des dessins. Joe était plein de ressources insoupçonnées. Elle le vit extraire un crayon de bois et noter soigneusement quelques mots, d'une écriture aisée aux pleins et aux déliés tout en rondeurs. Ainsi, lui qui semblait sauvage, asocial, rebelle, lui qui revendiquait ce statut, savait écrire et même plus encore. Qui était-il exactement ? Comme son regard ne se détachait pas du carnet, Joe leva la tête et, soudain gêné, le referma rapidement et l'enfouit dans son ample manteau. Et voilà. Wilma avait une nouvelle énigme à résoudre à propos de son compagnon !

Le jour venu, quelques heures plus tard, l'équipe constata que Joséphine et Crip s'entendaient à merveille et qu'il n'y avait pas lieu de poursuivre une surveillance renforcée. Les volières furent ouvertes sur l'espace qui était réservé au couple. Quelque temps après, Joséphine commença la construction de son futur nid en surplomb du sol. Échaudé par les échecs des années précédentes, le personnel de la réserve considéra cet événement avec circonspection. Fin mars, les accouplements débutèrent puis se multiplièrent. À la mi-avril, Joséphine commença à passer du temps sur son nid. Le 22 avril, il n'y eut plus de doute : Joséphine couvait l'œuf qu'elle avait pondu. C'était la première fois depuis des années que des hommes pouvaient observer l'éclosion d'un œuf de grue blanche dans un nid !

Une agitation fébrile gagna le centre puis toute la contrée. Les journalistes affluèrent et posèrent des dizaines de questions. Wilma fut chargée de leur répondre. Avec patience et pédagogie, elle leur raconta tout ce qu'elle savait du comportement des grues, de leur histoire, de leur vulnérabilité. Parmi ses interlocuteurs, elle discernait de la curiosité, de l'étonnement, parfois de la stupeur. La presse découvrait qu'une équipe de scientifiques se consacrait à une cause étrange : la sauvegarde d'une espèce.

Avides de sensationnel, les journalistes notèrent fébrilement les nombreuses anecdotes qui émaillaient le récit de Wilma. Les journaux locaux firent bientôt leur une sur la grue blanche, ouvrant ainsi une formidable tribune de sensibilisation à la cause de cette espèce.

Toutes les polémiques des années précédentes s'estompèrent et l'on attendit avec excitation la prochaine étape : l'éclosion.

Bientôt, le comportement de Joséphine changea. Au lieu de se lever pour s'étirer, détendre ses articulations engourdies ou retourner son œuf, elle se soulevait, contemplait son œuvre et la tapotait du bec en émettant, parfois, quelques sons.

Les scientifiques qui observaient la scène à distance afin de ne pas perturber les oiseaux rapprochèrent ce comportement de celui des oies, qui communiquaient avec les poussins avant leur sortie de l'œuf.

Journalistes et photographes passèrent une bonne partie de la journée à attendre l'événement. Mais le lendemain matin, comme Joséphine quittait son nid quelques instants, un observateur put constater que l'œuf était toujours intact.

La femelle reprit bientôt sa faction. Les échanges avec le poussin s'amplifiaient. Soudain, la grue blanche sursauta, comme piquée par une aiguille. Elle se souleva légèrement puis reposa son abdomen duveteux sur l'objet de toutes ses attentions. Quelques minutes plus tard, le manège recommença. Les observateurs notèrent alors une minuscule tache noire à une extrémité de l'œuf.

La nouvelle parcourut bientôt l'assemblée réunie pour la circonstance. Tous étaient de plus en plus fébriles. On aurait dit l'accouchement d'une reine. Un journaliste nota d'ailleurs sur son carnet un projet de titre : « La reine Joséphine couronne vingt ans d'efforts pour la sauvegarde de la grue blanche. »

En milieu d'après-midi, un nouvel observateur vint relayer son collègue qui prit congé de lui en le gratifiant d'un :

« Tu as de la chance, il est pour toi et je ne peux pas rester. »

L'observateur répondit par un sourire tout en positionnant ses affaires devant lui. Lorsque tout fut prêt, il nota sur le carnet ses initiales « JB », l'heure : « 15 h 27 » et les conditions climatiques : « Vent faible du sud-ouest, soleil dominant et nuages d'altitude, température 18 °C. »

Il saisit ensuite les jumelles qu'il pointa aussitôt en direction du nid. Joséphine ne bougeait pas et Crip faisait les cent pas non loin de là. La situation ne semblait pas avoir évolué. L'observateur s'attarda sur la partie du nid qui apparaissait sous le corps de la couveuse. Des brindilles, des tiges de roseaux et des herbes, d'une couleur brun orangé, faisaient comme un berceau. L'une de ces tiges dépassait légèrement du plumage immaculé. Il s'apprêtait à noter un énième RAS sur le carnet quand il remarqua que la tige avait bougé. Quelque chose ne collait pas. En effet, Joséphine était parfaitement immobile à cet instant et aucune brise ne pouvait justifier le mouvement. Il tenta d'améliorer la mise au point des jumelles, sans grand succès. Elles étaient déjà très bien réglées. Il écarquilla alors les yeux dans un réflexe, espérant sans doute voir davantage de détails de cette manière.

La tige remua encore et s'allongea. Il comprit que c'était le poussin qu'il voyait. Poursuivant son exploration, il finit par identifier la tête de celui-ci.

Wilma, qui connaissait bien les membres de l'équipe, remarqua très vite que JB passait plus de temps qu'à son habitude à observer le nid. Elle pressentit que le poussin avait vu le jour. Dès lors, elle ne quitta plus des yeux la tour d'observation, attendant le signal prévu : un morceau d'étoffe blanche accroché sur le mur droit de la tour.

Là-bas, JB continuait à scruter le plumage de Joséphine, dans l'attente d'une confirmation absolue. Pas question de faire de fausses joies aux membres de son équipe qui attendaient ce jour depuis tant d'années !

Joséphine tourna la tête et tendit le bec vers la tige qui s'étira encore et vint se coller contre lui. Il n'y avait plus aucun doute.

Wilma vit JB quitter brusquement son poste, saisir le tissu, ouvrir la trappe et l'accrocher. Une ovation retenue salua le signal. En quelques secondes, elle enveloppa l'assemblée comme une vague : un peu plus de onze ans après la dernière éclosion d'un œuf de grue blanche sur le territoire des États-Unis, l'espèce renouait avec une partie de ses racines.

Cet événement eut un retentissement considérable dans les médias. Joséphine fit la une de la presse locale. Le *Time Magazine* consacra sa couverture à l'héroïne du jour et tout un dossier complet aux opérations engagées pour la sauvegarde de l'espèce. Interviewés, les politiques locaux n'eurent de cesse de rappeler leur engagement pour la cause. Le monde entier découvrait l'existence de la grue blanche, sa vie, ses difficultés. Bientôt, des messages proposant de l'aide, du matériel, des fonds affluèrent au centre. Une nouvelle dynamique était lancée.

Au milieu de toutes ces réjouissances, quelques jours plus tard, l'oisillon, qui avait accompagné ses parents les jours précédents, disparut. Malgré la déception causée par ce revers dû à des prédateurs, l'optimisme demeura parmi le personnel de la réserve. Cette reproduction montrait que l'espèce avait décidément bien des ressources, qu'il était possible d'obtenir des jeunes en captivité et particulièrement à Aransas.

Les actions de sensibilisation commencèrent à porter leurs fruits. L'association nationale des chasseurs de gibier d'eau distribua à ses adhérents un dépliant pour leur permettre d'identifier très précisément l'oiseau tout en rappelant son statut précaire, les efforts engagés pour sa sauvegarde et leur implication dans cette opération devenue le symbole d'un combat pour la vie.

Des recherches furent lancées pour localiser les nids de la grue blanche au Canada. Trouver sa zone de reproduction était l'une des priorités de l'équipe de suivi, parce qu'il était impossible de protéger un oiseau sans connaître les menaces qui pesaient ou non sur ces lieux, et qu'on ne pouvait lancer des actions de conservation d'une espèce sur une partie seulement de son territoire. Chaque année, les grues blanches effectuaient à deux reprises un voyage de plus de trois mille cinq cents kilomètres entre leurs territoires de reproduction et leurs territoires d'hivernage, en étant confrontées à de multiples dangers : les prédateurs, les conditions climatiques, la chasse... Pourtant, rien n'avait été fait sur le trajet de la migration et rien non plus sur les zones de nidification.

Wilma avait contribué à aider les équipes de recherche en leur narrant l'épisode de sa rencontre avec Akka, au bord du « Minissippi ». Quelques rares autres témoignages avaient confirmé que les grues se rendaient autrefois au nord de la rivière, à une centaine de kilomètres environ, sans doute pour y perpétuer le cycle de la vie. Il était exclu de prospecter à pied des milliers de kilomètres carrés dépourvus de pistes, traversés par des rivières parfois impossibles à franchir sans un matériel lourd et ponctués de zones humides impraticables. C'était pourtant dans ces zones humides que nichaient les échassiers, cela ne faisait aucun doute, les grues blanches affectionnant les marais qui offraient à la fois une nourriture abondante et une protection contre les prédateurs.

On décida donc de lancer des recherches en avion. Une coopération transfrontalière se mit en place avec le Canada afin d'assurer les premiers survols. Les moyens étant limités, les efforts portèrent tout d'abord sur les anciens territoires de reproduction connus. Ainsi, les alentours du site du Saskatchewan furent explorés par cercles concentriques dont on agrandissait régulièrement le rayon. Puis l'exploration se déplaça dans les territoires situés plus au nord.

Une idée parallèle germa peu à peu : assurer une sorte de suivi, de surveillance de la bande d'Aransas tout au long des trois mille cinq cents kilomètres de migration, à l'aller comme au retour. Pour cela, il fallait organiser cette opération en se débrouillant pour que la population fasse de la grue blanche sa mascotte, qu'elle s'en sente responsable, la protège.

On confia à Wilma la tâche de préparer un plan de bataille, de suggérer des relais, des actions. Elle passa plusieurs jours à téléphoner pour recueillir des avis, des soutiens, des idées. Le soir, quand tout le monde dormait, elle travaillait à l'intervention qu'elle devait faire devant le conseil d'administration de la réserve convoqué pour une session extraordinaire.

La nuit précédant la réunion la trouva à son bureau, pesant chaque mot, vérifiant ses calculs, son budget, répétant son discours devant son miroir. Elle annota son document de noms d'élus, de scientifiques et de chasseurs qu'elle comptait prendre à témoin et interpeller pour obtenir leur assentiment.

Elle dormit à peine deux heures. Au matin, comme convenu, le directeur vint prendre connaissance du contenu définitif de la présentation. Wilma l'observa à la dérobée alors qu'il survolait le texte. De temps à autre, son regard s'arrêtait, revenait en arrière. Finalement, il lui tendit le document en poussant un profond soupir d'aise. Avant d'entendre son verdict, elle le connaissait : im-pec-ca-ble ! Elle se doutait également des propos qu'il allait ajouter :

« OK, je compte sur toi pour être convaincante, comme d'habitude ! Et ne me mets pas une ambiance pourrie avec tes petites phrases assassines ! Bonne chance ! »

Wilma fit sa toilette, s'habilla, se coiffa puis décida d'aller voir les grues blanches depuis son observatoire. Leur présence constituerait le meilleur des encouragements avant son intervention.

La journée s'annonçait grise. Pas de brouillard mais un plafond nuageux bas et menaçant. Elle avançait d'un bon pas sur le chemin quand Joe surgit brusquement, apparition irréelle au détour d'une touffe de roseaux. Elle sursauta, comme chaque fois, mais un sourire radieux apparut sur ses traits tirés par le manque de sommeil. Ils prirent ensemble le chemin de la prairie, main dans la main.

Wilma ne parvenait pas à comprendre comment Joe se débrouillait pour deviner sa venue chaque fois alors qu'il n'était pas du genre à passer des journées entières à l'attendre. Pourtant, il réussissait toujours à la surprendre.

Un poste d'observation officiel avait été édifié à l'endroit où ils se retrouvaient autrefois, sous les saules. Une tourelle en planches brutes à laquelle on accédait par un chemin derrière une palissade en bois et roseaux, afin de ne pas être vu des oiseaux et de ne pas les déranger. Au pied de la construction, une porte grossière donnait sur un escalier raide, presque une échelle. En quelques marches, les visiteurs se retrouvaient à sept mètres au-dessus du sol.

La tourelle était entièrement fermée, à l'exception de quelques fentes étroites. Encore une fois, il s'agissait d'étudier les grues sans nuire à leur quiétude. Des madriers faisaient office de banc. Wilma s'installa à son emplacement habituel et balaya tout d'abord du regard l'espace à ses pieds. Moins d'une dizaine d'échassiers étaient présents. Les autres étaient probablement en train de se nourrir plus au sud. Depuis que des aménagements avaient été réalisés par le centre, les sites s'étaient multipliés afin de disperser les oiseaux et ainsi de compliquer la tâche des prédateurs.

Alors qu'elle redoutait chaque jour davantage de ne plus voir la silhouette claudicante de sa chère Akka, Wilma la repéra très vite, avec une émotion qu'elle ne chercha pas à dissimuler. Tout au long de ces années, la meneuse du groupe avait représenté l'espoir pour Wilma et son équipe. Leur histoire commune, leur rencontre sur les terres du Nord, leurs rendez-vous annuels étaient connus de tous au centre. Leur saga avait fait le tour du Texas, maintes fois reprise dans des reportages.

Wilma saisit les jumelles et les pointa en direction de son idole, qui arpentait le terrain de sa démarche si particulière en quête de nourriture. Son plumage paraissait toujours aussi fourni, aucun signe d'affaiblissement n'était perceptible, constata Wilma, rassurée, qui l'observa longuement avant de se tourner vers les autres oiseaux présents.

Deux autres femelles se trouvaient dans la prairie : Yksi et Kaksi, qu'elle identifia au premier coup d'œil grâce à la technique qu'elle avait mise au point, tout à fait adaptée à une population aussi restreinte. En s'appuyant sur des détails du plumage parfois minimes, elle avait ainsi appris à reconnaître chaque individu.

Wilma avait insisté pour que l'on donne aux oiseaux des noms tirés du roman de Selma Lagerlöf, *Le Fabuleux Voyage de Nils Holgersson à travers la Suède*, et son équipe avait accédé à sa demande, enviant à cette rêveuse sa rencontre au Canada. Elle avait donc repris les noms des oies qui accompagnaient Nils et la bande d'Akka de Kebnekaise. La quatrième femelle portait ainsi le nom chantant de Kolme ! D'autres génitrices s'étaient nommées Nelja, Viisi, Kuui, mais elles avaient rejoint la longue liste des grues disparues au cours de leur périple. Tout naturellement, le premier compagnon d'Akka fut dénommé Martin, comme le jars qui transporte Nils.

Wilma contempla la petite troupe et, le moral gonflé à bloc, se laissa aller contre l'épaule de Joe qui prit tendrement la jeune femme dans ses bras, tout en ramenant sur elle les pans de son manteau pour lui tenir chaud. Wilma s'endormit, d'un sommeil profond et serein. Durant tout ce temps, il détailla son visage, l'effleurant du bout des doigts sans le toucher. Il caressa doucement une mèche de cheveux qui voletait dans le vent. La dormeuse semblait partie pour un long voyage. Peut-être du côté du Nord canadien, sur le dos d'une oie sauvage. Sa poitrine se soulevait doucement. Nulle tension n'altérait son corps abandonné.

Elle se réveilla doucement. Ces quelques minutes réparatrices lui avaient redonné toute sa vivacité. Elle sourit à Joe, admirant son profil volontaire, la douceur de son regard, puis se releva lentement. Elle savait que son compagnon mesurait l'importance de la tâche qui l'attendait, qu'il ne la laisserait pas l'affronter seule. Forte de son soutien, elle reprit la direction du centre, rassérénée, certaine qu'il l'y rejoindrait.

Wilma entra dans une salle comble. Elle reconnut des scientifiques, des représentants de la Société d'Audubon, des élus, des chasseurs et des journalistes. Elle s'avança vers le pupitre érigé à son intention en prenant soin de saluer au passage les membres les plus éminents de l'assemblée, insistant auprès de ceux dont il lui fallait absolument obtenir le soutien. Elle n'omit pas de gratifier de grands sourires ceux avec lesquels les relations n'avaient pas toujours été au beau fixe. Amadoués, ils auraient sans doute la bienséance de rester neutres.

Le brouhaha cessa progressivement tandis que tous les regards se tournaient vers elle.

Elle avait soigné ses effets, se préparant avec un soin méticuleux pour porter sur les fonts baptismaux son projet de sauvegarde des grues, sa dernière chance, mettre tous les atouts de son côté et convaincre son auditoire. Elle avait revêtu un tailleur moulant de couleur beige. La jupe très courte découvrait ses longues jambes musclées. La veste, échancrée, s'ouvrait sur un corsage blanc qui bâillait volontairement, laissant voir le galbe de ses seins fermes dès qu'elle se penchait. Wilma, qui savait que bien des hommes étaient tentés par une aventure avec elle, avait décidé d'exploiter leur faiblesse.

Elle visait particulièrement l'un d'entre eux : le gouverneur. Même s'il y avait peu de chances qu'il se déplaçât en personne, il avait fait savoir qu'il participerait à la réunion. Il avait à plusieurs reprises poursuivi Wilma de ses assiduités, de manière très explicite. Tout en restant distante, Wilma avait toujours laissé planer le doute sur ses chances de succès. Elle avait parfaitement compris le parti qu'elle pouvait tirer de la situation, mais ne l'avait utilisé qu'avec parcimonie, quand c'était vraiment nécessaire. À une exception près, sa tactique avait permis à la cause de la grue blanche de progresser.

Pour parfaire ce qu'elle considérait comme un accoutrement, elle s'était légèrement maquillée en appliquant juste ce qu'il fallait de rimmel à ses yeux pour donner plus de profondeur à son regard déjà si envoûtant. Un rouge à lèvres pâle achevait la mise en scène.

Désormais, tout le monde attendait son intervention et les quelques rares échanges qui se poursuivaient à voix basse n'avaient rien à voir avec les oiseaux.

Elle s'approcha du pupitre en même temps que le directeur du centre, qui salua l'assemblée, et se livra ensuite à l'indispensable séance des remerciements et termina par une blague pour détendre l'atmosphère.

Wilma ouvrit son dossier et en sortit son discours par simple sécurité. Depuis le temps qu'elle préparait cette journée, elle savait que sa mémoire ne lui ferait pas défaut.

Elle allait commencer lorsqu'elle remarqua une grande tenture sur le mur du fond de la pièce, verticale, longue de presque trois mètres et large d'un mètre cinquante environ, qui semblait masquer quelque chose. Il s'agissait sans doute d'une de ces cérémonies d'inauguration de chrysanthèmes destinées à faire des photographies de dignitaires et à alimenter ensuite des papiers sur leurs actions.

« Mesdames, messieurs… » commença-t-elle.

Elle ne put s'empêcher de sourire en examinant l'assemblée exclusivement masculine. La seule femme présente, c'était elle ! Tous ces hommes avaient visiblement l'esprit absorbé par des considérations d'ordre esthétique la concernant. C'était parfait. Elle poursuivit :

« J'avais onze ans lorsque j'ai rencontré pour la première fois la grue blanche d'Amérique, à son départ du Canada pour Aransas. Je me souviens de ce jour comme si c'était hier. Il y avait d'un côté la débâcle d'une rivière en furie et de l'autre le vol majestueux, hors du temps, irréel, de trois oiseaux en route pour une migration de trois mille cinq cents kilomètres jusque sur les terres qui accueillent aujourd'hui notre réunion. Depuis cette date, je n'ai cessé de lutter pour la conservation de cette espèce. Vous le savez tous. Ce que vous ignorez pour beaucoup, c'est que derrière ce combat, nous étions deux. Deux femmes. Ou plutôt une femme et une femelle. »

L'auditoire se montra surpris et conquis par cette entrée en matière inattendue, subjugué à la fois par la femme et par la conteuse qu'elle était devenue. Le directeur, lui, paraissait inquiet. Quelle mouche avait encore piqué sa collaboratrice ?

Wilma laissa planer quelques secondes de silence avant de reprendre :

« La femme, vous la connaissez. La femelle, c'est Akka, Akka d'Aransas. »

Cette fois, une expression confuse put se lire sur les visages. Si le personnel du refuge connaissait l'histoire de Wilma, les autres la découvraient.

« Pour avoir une chance de gagner ce genre de combat pour la vie, il faut être deux. À deux, nous avons tout tenté. Moi, de mon côté, avec vous. Elle, de son côté, avec ses congénères qu'elle dirige dans leur périple, du nord au sud et du sud au nord. À l'heure où je parle, Akka se trouve non loin d'ici, dans les marais. Elle est toujours vivante alors que, malgré tous ses efforts, tous nos efforts, vingt-quatre oiseaux ont disparu au cours des dernières saisons, la plupart tués par balle. Les actions de sensibilisation, d'information et de communication qui ont été entreprises par l'État fédéral, les sociétés de chasse, le Centre et les associations n'ont pas suffi. La grue blanche est encore confondue avec d'autres espèces plus courantes.

« Si nous voulons sauvegarder les grues blanches, si nous voulons conserver l'espèce dans notre patrimoine national, il reste une dernière chance. Elle vous paraîtra utopique, irréaliste et tardive, pourtant, c'est la seule à la mesure de la situation. Il nous faut suivre les survivants tout au long de leur migration, dans les deux sens ! »

Wilma lut aussitôt l'incrédulité sur les visages attentifs des auditeurs. Elle reprit :

« La migration des échassiers dure environ un mois au printemps et un mois à l'automne. Il faut accompagner les oiseaux jour après jour grâce à un réseau de correspondants locaux. Chasseurs, ornithologues doivent participer, mais ils ne suffiront pas. Nous avons besoin de vous, nous avons besoin de tout le monde. Une grande chaîne humaine est à construire. Le principe est simple. Chaque membre de la chaîne dispose des cinq numéros de téléphone des membres les plus proches. Chaque fois que les grues sont observées par un adhérent du réseau, il appelle les plus proches situés dans la direction prise par les grues. Si c'est un chasseur ou un naturaliste, ce dernier contactera en plus son association pour que tous ses membres soient avertis de la présence de l'espèce et veillent à sa protection.

Ce suivi nous permettra d'engranger de nouvelles informations sur les déplacements des grues blanches. Nous disposerons ainsi d'éléments supplémentaires favorables à leur survie et qui nous permettront de découvrir enfin les territoires de nidification du Canada. C'est seulement à ce prix que nous avons encore une toute petite chance de sauver ce magnifique emblème de la vie sauvage. »

Wilma reprit son souffle. Elle avait mis toute son énergie, toute sa conviction et toutes ses émotions dans ses paroles. Elle croisa le regard de Joe qui se tenait debout près de la porte de la salle. Elle lut dans ses yeux tout à la fois le respect, l'approbation et, par-dessus tout, de l'amour.

« Mesdames, messieurs, reprit Wilma, la grue blanche d'Amérique est un symbole de notre nation et de notre capacité à agir pour l'avenir. Pour paraphraser Ian Mac Millan, pionnier de la conservation de l'espèce, spécialiste du condor de Californie, je dirais qu'il faut sauver les grues blanches, "non parce que nous avons besoin d'elles, mais parce que nous avons besoin des qualités humaines qui serviront à les sauver et nous permettront de nous sauver nous-mêmes."

« Dans la prairie humide, Akka fait les cent pas en attendant notre décision. Aura-t-elle persévéré tout ce temps pour rien ? Saurons-nous trouver quelques minutes pour créer une chaîne de solidarité, un couloir de migration sécurisé, un espace de responsabilité ? Au nom de tous ceux qui y ont consacré leur énergie sans compter, au nom de tous ceux qui ont pris position pour la cause d'Akka, je vous le demande : lançons dès à présent l'opération de la dernière chance, l'opération Whooping Watch[1]. »

Elle termina son discours, épuisée, dans un silence total. Puis un mouvement sur sa droite attira son attention. C'était le directeur de la réserve qui s'était levé d'un bond et applaudissait à tout rompre, un grand sourire aux lèvres. Bientôt, toute la salle se joignit à lui. Wilma avait réussi son grand oral. Déjà, des gens s'approchaient d'elle et la félicitaient.

Un retentissant « Bravo, mademoiselle Blake ! » se fit entendre. Le gouverneur, qui était arrivé dans les dernières minutes de l'intervention, manifesta à son tour son approbation. Fendant l'attroupement qui se créait autour de la

1. Du nom anglais de la grue blanche : *Whooping Crane*.

sémillante jeune femme, il lui saisit les mains et les serra longuement sous les flashes des photographes qu'il avait pris soin d'emmener avec lui. Il prit délicatement la main droite de Wilma, y déposa un baiser, s'attardant plus qu'il n'était nécessaire, puis lui proposa son bras, l'invitant à l'accompagner. Wilma hésita, mais le directeur l'encouragea du regard à accepter le bras tendu.

Ils se dirigèrent vers le buffet qui avait été dressé en quelques minutes. Plus tétanisée que jamais, Wilma se rendit compte que quelque chose clochait dans cette fin de réunion. Le buffet n'était pas prévu, l'empressement du gouverneur non plus. L'assistance s'écarta et une nouvelle surprise l'attendait sous la forme d'un énorme gâteau, couvert de bougies. Elle comprit aussitôt. Ils avaient décidé de fêter la création du centre sous son égide.

Invitée à souffler les bougies, elle bredouilla quelques mots avant de s'exécuter. De nouveaux applaudissements retentirent, puis le directeur s'approcha :

« Wilma, tu nous as conquis par ton charme, ta conviction et tes émotions, et parfois, il faut bien le dire, avec une fermeté intransigeante. »

À ces mots, quelques rires fusèrent et une moue malicieuse illumina le visage de Wilma.

« Aujourd'hui, tu as franchi un pas de plus. Monsieur le Gouverneur m'a chargé d'annoncer qu'il allouait d'ores et déjà un budget de cinquante mille dollars à l'opération "Whooping Watch" dans le Texas et qu'il s'engageait à contacter personnellement les gouverneurs des États voisins pour les inciter à s'engager eux aussi, enfin qu'il mettait à notre disposition les fonctionnaires de l'État si nous avions besoin. »

Les applaudissements reprirent de plus belle.

Le directeur poursuivit en se tournant désormais vers la tenture qui avait intrigué Wilma à son arrivée :

« Tu nous as longuement parlé de ton "association" avec Akka. C'est plus qu'une amitié qui vous lie toutes les deux. C'est une cause, celle de la vie. C'est une passion, celle de transmettre. C'est une valeur, la persévérance. On dit souvent que son sujet d'étude influence le chercheur, y compris dans son physique. Tu as la grâce, la fluidité et la ténacité des grues blanches et nous voulons aujourd'hui rendre hommage à ton action, célébrer ta fidélité à leurs côtés. »

Sur ces mots, la tenture s'affaissa sur le sol. Wilma n'en revenait pas ! Le gâteau, le discours du directeur et maintenant là, sur le mur, cette photographie extraordinaire d'Akka, plus grande que nature. Elle fut émue aux larmes. Comment avaient-ils fait ? Qui les avait aidés ? Quand cette photo avait-elle pu être prise ?

Fouillant l'assemblée des yeux, elle finit par trouver celui qu'elle cherchait. Joe, toujours nonchalamment adossé à la porte, lui souriait. C'était lui ! C'était lui bien sûr qui les avait mis sur la piste d'Akka et leur avait permis de prendre ce cliché incroyable !

Elle s'approcha de l'affiche et posa doucement la main dessus puis, reprenant ses esprits, elle se tourna face aux invités.

Le silence se fit.

« Merci, dit-elle. Peu de choses auraient pu me faire autant plaisir. Merci pour Akka. Cette affiche nous rappellera chaque jour qu'il n'y a pas de place pour le découragement dans notre action. Encore merci. »

Après d'ultimes applaudissements, les discussions reprirent, des groupes se reformèrent. Au bout d'une dizaine de minutes, le gouverneur vint prendre congé de Wilma, lui glissant au passage quelques compliments et regards appuyés qui trahirent une nouvelle fois son attirance pour elle. Elle le remercia chaleureusement et l'invita à venir partager un moment avec l'équipe pour observer Akka. Il promit qu'il viendrait, tout en évoquant un emploi du temps chargé.

Une demi-heure plus tard, la salle s'était pratiquement vidée. Dans le silence enfin revenu, Wilma contempla son amie Akka sur le mur, la gorge serrée. Un jour, il ne resterait plus d'elle que cette image...

Joe s'approcha doucement de l'héroïne du jour. Elle tourna la tête et lui sourit. Après quelques instants de silence, elle s'appuya de nouveau contre son épaule et se laissa aller. Il l'entoura de son bras et ils demeurèrent plusieurs minutes ainsi, hors du temps. Ce soir-là, pour la première fois depuis des années, Wilma ne s'endormit pas seule. Joe était resté à ses côtés. Apaisée par la chaleur de son corps contre le sien, elle trouva rapidement le sommeil.

L'opération Whooping Watch se révéla plus compliquée que prévu. Les volontaires étaient nombreux, l'enthousiasme débordant, mais tout cela manquant de discipline, les débuts se déroulèrent dans une joyeuse pagaille. Alors que la bande d'Akka venait de partir pour le Canada, les oiseaux furent signalés dès le lendemain à plus de mille cinq cents kilomètres ! Vérification faite, il s'agissait de grues Sandhill et elles étaient trois mille !

Le téléphone sonnait sans cesse à la réserve. Malgré l'ouverture de nouvelles lignes et l'embauche de personnel supplémentaire, l'équipe était saturée. Il fallut procéder à des réajustements et expliquer à nouveau le fonctionnement de l'opération. Chaque observateur devait appeler ses correspondants les plus proches. Un coordinateur de la récupération des informations fut désigné par zone géographique. Il était le seul qui pouvait contacter la réserve où Wilma s'occupait de centraliser les données et de diriger les actions.

Aucune perte ne fut déplorée pendant la traversée des États-Unis. Puis, en raison d'une densité de population humaine très faible dans les contrées survolées, peu d'informations parvinrent du Canada. Elles confirmaient tout de même que c'était du côté du « Minissippi » que les grues devaient avoir leurs territoires de reproduction. Toutes les tentatives de recherche par avion avaient échoué, mais l'opération prenait son rythme de croisière. Des initiatives avaient vu le jour un peu partout pour amplifier la mobilisation. Les élèves des écoles primaires participaient même aux observations.

À Aransas, Wilma comprit très vite que l'arrivée des grues serait tardive lorsque le dernier observateur avant la réserve l'appela mi-novembre pour la prévenir qu'Akka et sa troupe venaient de décoller pour leur dernière étape. Le lendemain, deux douzaines d'échassiers se posèrent sans encombre dans la prairie humide. Wilma, qui les attendait, procéda à ses observations habituelles. Akka était bien en tête et aucun adulte ne manquait à l'appel depuis la saison précédente. Pourtant, la scientifique perçut dès sa première visite un changement. La prééminence de l'aïeule au sein de la bande n'était plus aussi évidente. Yksi était très souvent à ses côtés, un peu comme une adjointe qui veillerait à faire respecter la hiérarchie entre les oiseaux et tous ces menus détails qui règlent la vie au sein d'un groupe organisé.

Un passage de témoin approchait, Wilma le pressentait. Les fils invisibles qui la reliaient à la nature ne s'étaient pas estompés au fil des années. Au contraire, ils s'étaient renforcés. De cette fusion, vibration, communion – elle éprouvait bien des difficultés à traduire de manière cartésienne sa relation au monde vivant –, elle ne soufflait mot à personne de son entourage. Elle se sentait déjà assez marginale, il était inutile d'en rajouter une couche.

Joe était le seul avec qui elle partageait ses sentiments, ses analyses et ses interrogations sur la question. Ce qu'il lui renvoyait était à la fois rassurant et déstabilisant. Pétri d'une culture ancestrale structurée autour de la relation au vivant, du respect de celui-ci et de l'animisme correspondant, il se contentait de ponctuer leurs échanges de quelques commentaires, considérant les interrogations intellectuelles de son amie comme inutiles. Sa conviction était que

« tout cela est », comme il le disait lui-même. L'idée de s'interroger sur une cause supérieure à l'homme lui était donc totalement étrangère. Cette position laissait Wilma sur sa faim. Elle était certaine d'un lien immatériel entre les humains et la nature. Seulement, elle voulait le comprendre, l'expliquer et le théoriser.

Le temps passant, une part d'elle-même avait érigé son intuition naturelle en grille de lecture du monde. Notant des similitudes entre les comportements animaux et humains, elle en avait tiré parti dans ses relations personnelles et professionnelles. Au-delà du langage verbal, elle distinguait avec une acuité redoutable les sentiments, les émotions et les non-dits dans le langage du corps. Elle parvenait même à anticiper les paroles de ses interlocuteurs grâce à cette clef d'analyse.

Du côté des grues, ses capacités d'observation lui permettaient de reconnaître un individu au premier coup d'œil et de détecter tout changement dans son allure ou son comportement.

À l'aide des jumelles, Wilma détailla minutieusement Akka. Elle semblait en forme, mis à part un plumage un peu terne. Elle se tourna vers Yksi et la comparaison lui montra ce qu'elle se refusait à voir. Le corps d'Yksi était tonique.

Elle était en éveil, résolue. Son allure était certes souple mais également altière. Le plumage était irréprochable et presque éclatant. À côté d'elle, Akka paraissait vieille, fatiguée. Au fil des ans, Wilma s'était tellement focalisée sur son oiseau qu'elle ne l'avait pas vu changer. Elle fit un lien avec le monde des humains : on ne prend conscience du vieillissement de ses proches et amis que lorsque l'on est séparé d'eux pendant de longues périodes ou lorsque leur fin approche.

Ainsi, c'était donc cela qui s'annonçait en filigrane du changement de chef dans la troupe : Akka était sans doute proche de la fin de son voyage… Wilma, tout en refusant d'accepter cette éventualité, alors que son cerveau avait pourtant parfaitement intégré l'information, passa davantage de temps auprès des grues blanches cet hiver-là.

Au printemps, Akka sembla hésiter à donner le signe du départ. Il fallut qu'Yksi s'en mêle. Wilma, le cœur serré, assista au décollage des deux femelles. Akka avait perdu de sa superbe. Si elle ne semblait pas éprouver de difficultés à s'envoler, sa motivation semblait émoussée. Un jour prochain, Akka ne serait plus au rendez-vous…

Les grues reprirent la route comme chaque année. Le Whooping Watch, qui connaissait désormais un succès considérable, était parfaitement rodé. Mais cette fois, Wilma décida de suivre les oiseaux dans le Nord et d'accompagner les prospections aériennes. Elle promit à Joe, qui ne la vit pas partir d'un bon œil, qu'à son retour, elle lui donnerait la réponse qu'il attendait impatiemment depuis plusieurs mois. Il voulait que Wilma s'installe avec lui dans sa cabane, qu'elle partage sa vie, été comme hiver, qu'elle sache tout de ses ancêtres, de ses traditions et, plus que tout, il voulait des enfants auxquels tous deux transmettraient leur savoir et leur passion pour la nature. Wilma, qui avait encore peur de ne pouvoir mener deux vies de front, hésitait. Elle pensait qu'une séparation lui permettrait de prendre du recul, de réfléchir. Tant qu'elle demeurait proche de Joe, elle était incapable de ne pas se laisser prendre par le tourbillon de leur amour naissant, courant le retrouver dès qu'elle le pouvait, repoussant ses travaux pour rester plus longtemps avec lui, l'observant avec une admiration croissante dans toutes ses activités qui prouvaient une connaissance parfaite de la nature.

Elle s'apprêtait à quitter Joe le cœur lourd, mais certaine d'agir dans le bon sens.

Au même moment, non loin de sa ville natale, Fort Chipewyan, un pilote d'hélicoptère, Alex Managan, faisait une découverte qui allait changer le cours de sa vie. Cette année-là, la saison étant particulièrement sèche, la forêt canadienne avait commencé à payer un lourd tribut aux incendies très tôt en saison. Aussi, quand Alex reçut un appel lui enjoignant de rejoindre au plus tôt son appareil, il ne fut pas étonné. Le vent ayant repris de la vigueur dans les dernières heures, des foyers dormants s'étaient réactivés. Son rôle consistait à survoler la forêt, à détecter les foyers naissants le plus tôt possible, à rendre compte de l'avancée des flammes et des effets du traitement des bombardiers d'eau.

Le pilote entra en contact avec la cellule de suivi des incendies pour annoncer qu'il était en route. Il demanda des instructions supplémentaires pour affiner sa route. Au bout de quelques secondes, il entendit André, son contact radio, qui lui répondait :

« Salut, Alex, toujours aux fourneaux ? »

Cette phrase fut ponctuée d'un rire tonitruant qui fit plisser les yeux et le front de celui à qui la plaisanterie était destinée. André était égal à lui-même. Son entrée en matière quotidienne passait invariablement par une blague « fumeuse », comme il se plaisait à les qualifier à l'occasion !

Les deux hommes, qui se connaissaient de longue date, avaient partagé des bonheurs et des souffrances ensemble, avant de se retrouver éloignés géographiquement l'un de l'autre, autour d'une cause commune : la maîtrise des incendies de forêt. Ils ne respectaient plus guère les procédures de communication, sauf en cas de situation extrême. Leur longue complicité faisait qu'ils avaient besoin d'échanger très peu d'informations pour se comprendre. Ils formaient un binôme apprécié dans la contrée. Leur efficacité, leur précision et leurs résultats étaient connus de tous car ils comptaient de nombreux succès précieux pour la préservation d'une ressource naturelle à vocation économique vitale : le bois.

André lui annonça :

« La plupart des foyers au sud de l'Athabasca ont l'air bien calmes. Beau boulot ! Les arrosoirs sont de sortie. C'est pour que ça repousse mieux ! »

Un nouvel éclat de rire emplit les oreilles d'Alex.

« Ton boulot aujourd'hui, c'est d'aller voir ce qui se passe du côté de Fort Smith. Le garde m'a appelé. On lui a signalé des fumées à l'est du bourg. Tu fais gaffe, la météo annonce des turbulences à basse altitude…

— Ne t'en fais pas, je serai prudent. »

Alex contempla avec délectation l'immense tapis vert qui se déroulait sous ses yeux. Des taches noires, marron ou jaunes ponctuaient le manteau émeraude. Elles correspondaient à des feux récents, aux arbres grillés en périphérie mais non brûlés et aux repousses succédant aux incendies des années précédentes. Les herbes avaient reconquis les premières le terrain, gorgées de la lumière autrefois confisquée par les arbres. Le feu était ainsi un facteur de rajeunissement de la végétation. En ouvrant sans cesse des milieux à la lumière, il créait un cycle d'apparition et de disparition de plantes diverses favorables à des animaux eux aussi très variés. Le rôle des équipes de suivi des feux n'était pas de les empêcher à tout prix, tâche impossible, mais de les contrôler, l'objectif étant de préserver la valeur économique des boisements tout en permettant la poursuite des cycles naturels.

Dans les clairières qui défilaient sous lui, Alex devinait les lourdes silhouettes des bisons de forêt occupés à déguster les graminées parvenues à maturité.

Il distingua quelques rares fumées du côté des feux maîtrisés, mais rien dans la direction où des problèmes pouvaient survenir. Il ne pouvait plus voir le lac Athabasca depuis déjà un bon moment. Fort Smith était derrière lui et il poursuivait sa route vers le nord-ouest sans avoir détecté le moindre signe d'incendie. Son vol devenait presque un parcours touristique au-dessus de l'un des plus grands parcs nationaux du monde.

Comme le niveau du carburant baissait et qu'il atteindrait bientôt la limite de sécurité qui lui permettrait d'assurer son retour, il reprit contact avec André pour lui annoncer qu'il faisait demi-tour. L'échange fut bref. Alex pencha le manche vers la gauche et s'engagea sur la route du retour en modifiant un peu son cap afin de revenir plus vite à sa base. Il orienta le nez de l'hélicoptère plein sud et survola la rivière Klewi. Il affectionnait particulièrement cette partie du parc. Elle lui rappelait de bons souvenirs, ceux des grandes randonnées qu'il avait faites en compagnie d'André à la fin du printemps. Les deux hommes s'étaient enivrés de nature au cours de ces sorties. À la seule évocation des campements improvisés, des odeurs lui revenaient aux narines : celle de l'humus chaud et humide après la pluie, celle de la résine des pins ou encore celle des orignaux, si sauvage.

Sur une bonne partie de son cours, la rivière Klewi était bordée de marécages difficiles d'accès. André et lui avaient tenté d'y pénétrer sans succès. Les sols tourbeux, qui cachaient de multiples pièges, pouvaient à tout instant vous engloutir sans aucune possibilité de se raccrocher ne serait-ce qu'à un rameau.

Alex profitait pleinement du spectacle qui s'offrait à ses yeux, un grand sourire aux lèvres. Puis la Klewi disparut et il distingua bientôt les marais de la rivière Sass. L'appareil filait en ligne droite dans un ronronnement familier et monotone. Comme le pilote explorait du regard les zones humides de la rive sur sa gauche, une tache blanche attira son attention. Fébrile, il fouilla rapidement dans sa sacoche et en sortit une photographie usée. Comme tous les pilotes du secteur, il avait reçu la visite d'un membre de l'équipe de suivi de la grue blanche. On leur avait exposé tous les faits importants : les difficultés de l'espèce, sa probable nidification dans le périmètre du parc, les précautions à prendre en cas de survol, les risques de confusion avec la Sandhill, et on leur avait donné à chacun une photo, celle qu'il tenait maintenant devant ses yeux.

Avant même de se lancer dans un large virage, Alex eut l'intuition qu'il venait de découvrir les nids. Il tapota sa jauge à carburant, estimant ses réserves et la distance qu'il lui restait à parcourir. Il ne disposait guère de plus de sept ou huit minutes en restant dans la marge de sécurité. Au-delà, son retour jusqu'à la base serait plus délicat et il n'y avait pas de point de ravitaillement le long de son trajet. Tout atterrissage prématuré lui poserait donc des problèmes de disponibilité pour ses missions futures, le temps qu'il récupère du carburant.

Le pilote décida de s'accorder dix minutes, pas une de plus.

Il reprit de l'altitude, pas question d'effrayer des oiseaux fragiles près de leur nid ou de leurs jeunes. Dès qu'il se rapprocha de la rivière, il les vit, petites particules immaculées sur fond vert. L'un d'eux semblait plus petit et d'une couleur différente. Il distingua nettement les cercles de végétation de couleur distincte correspondant aux nids. Alex fit deux ou trois tours. Les grues regardaient dans sa direction sans manifester d'inquiétude. Les précautions qu'il avait prises avaient porté leurs fruits.

Il ressentait à la fois une grande fierté et une lourde responsabilité. Il était fier d'être le premier à découvrir les nids des grues. Du haut de son appareil, il dominait les survivants d'une espèce malmenée, en voie d'extinction. Il en avait le cœur serré. La vie lui avait réservé bien des bonheurs et bien des souffrances, comme à tous les hommes. Il avait fini par s'endurcir. Mais là, l'être de chair et de sang en communion avec d'autres êtres de chair et de sang reprenait le dessus.

Il consulta son chronomètre. Il avait dépassé la durée qu'il s'était accordée. Il remit l'hélicoptère dans la direction de la base puis griffonna un point rouge sur la carte posée à côté de lui avant de contacter André.

« Alex à QG. »

À l'autre bout de la ligne, André sursauta. Si son ami utilisait les codes réglementaires, c'est que le message était important.

« QG à Alex. Tout va bien ?

— Tout est OK. Je suis là dans moins de dix minutes. Tu peux me rendre un service ?

— Je t'écoute.

— Tu peux appeler l'équipe du Whooping Watch pour moi, à Edmonton ? Mon émetteur n'est pas assez puissant.

— Tu les as trouvées ? »

Une intense émotion perçait dans la voix d'André. Tous les pilotes de la région avaient fait de la découverte des nids un challenge. Le temps passant, c'était même devenu une blague. À celui qui partait en mission, on lançait invariablement un « Salue les grues de ma part ! ». Mais tous gardaient dans un coin de leur tête une place pour LEUR victoire. Et voilà que l'un d'eux venait de la remporter.

« Je crois, oui.

— Où ça ?

— Du côté de la Sass River. Je t'emmène avant que l'équipe n'arrive. Tu bosses demain ?

— Oui, mais je vais me débrouiller. »

Le fait que le pilote pense à partager sa découverte avec lui d'abord émut André.

Une demi-heure plus tard, Alex posa l'appareil en douceur, coupa le moteur et attendit l'arrêt des pales. Il ouvrit la porte et descendit du cockpit. En posant un pied à terre, il leva les yeux vers le ciel : quelque chose avait changé dans ce monde !

Wilma se trouvait encore dans son bureau, au téléphone, quand le directeur entra sans frapper, la faisant sursauter. Elle tenta de poursuivre sa conversation tandis qu'il gesticulait devant elle tout en agitant un bout de papier. Comme elle ne parvenait plus à se concentrer sur son échange, elle s'excusa auprès de son interlocuteur en lui promettant de le rappeler dans les cinq minutes.

« Ça y est ! s'exclama-t-il. Ils les ont trouvées ! »

Wilma eut une moue sceptique. Combien de fois lui avait-on fait le coup ?

« C'est sûr ? lâcha-t-elle du bout des lèvres.

— L'équipe d'Edmonton est formelle ! poursuivit le directeur, tout excité. C'est un pilote d'hélicoptère qui a découvert les nids alors qu'il surveillait les feux de forêt. Il y a au moins un poussin ! »

Wilma se cala dans son fauteuil, poussa un long soupir et laissa un sentiment d'euphorie la gagner. Enfin ! songea-t-elle. Nous avons les deux bouts de la chaîne, les deux rivages de la marée, le cycle naturel au complet. Elle se sentait soulagée. Une idée germa aussitôt dans son esprit en ébullition : retrouver Akka, comme au premier jour de leur rencontre.

« Où sont-elles ? demanda-t-elle.

— Dans le Wood Buffalo, le long de la Sass River, à environ soixante-quinze kilomètres de Fort Smith. »

La réponse la laissa perplexe. Ce nom ne lui disait rien. Elle se souvenait pourtant parfaitement des lieux de son enfance et des noms qu'utilisait son père, mais il était probable que, comme pour le « Minissippi », John et ses amis trappeurs aient utilisé un surnom. Elle sortit une carte des territoires du Nord-Ouest qu'elle déploya et chercha fébrilement des points de repère. Elle trouva rapidement Fort Chipewyan sur l'Athabasca River. Elle suivit le cours d'eau vers le nord et tomba sur la Peace River. La Peace River ? Aucun doute, il s'agissait en fait du « Minissippi » ! Pas vraiment pacifique, pensa-t-elle, en se remémorant les débâcles de printemps auxquelles elle assistait, enfant, en spectatrice assidue ! Son doigt glissa plus au nord et s'arrêta sur Fort Smith. À partir de ce point, la carte indiquait que l'on quittait l'Alberta pour les territoires du Nord-Ouest. C'est là qu'elle dénicha la Sass River, une petite rivière de cinquante kilomètres de long tout au plus.

Au cours des semaines qui suivirent, elle se renseigna activement et prit contact avec le centre d'Edmonton. Simultanément, elle apprit que son équipe venait de remporter une bataille contre un projet de l'armée consistant à larguer des bombes d'une très haute altitude sur le camp militaire voisin de la réserve, afin de filmer les déflagrations. La pasionaria avait remué ciel et terre pour alerter les politiques, les sensibiliser et les pousser à l'action. Comme en 1937 avec Roosevelt, la sensibilité de l'un d'eux aux questions de protection de la nature aboutit à une décision forte : le Canada déposa, par voie diplomatique, une protestation officielle contre le projet de largage de bombes en arguant que celui-ci risquait de mettre en péril une partie de son patrimoine. Tout en sauvant la face, l'armée américaine abandonna bientôt le projet.

Au mois de juin, Wilma rejoignit enfin l'expédition scientifique canadienne qui devait prendre officiellement contact avec les grues sur leurs territoires de nidification, démarrer toute une batterie d'études et proposer des solutions d'accès au site sans déranger les oiseaux.

Elle arriva à Edmonton dans la soirée. Personne n'était venu la chercher à l'aéroport. Elle prit donc un taxi pour se rendre à l'hôtel dans lequel une chambre avait été réservée à son intention. Le trajet ne dura que quelques minutes. Pourtant, elle éprouva très vite une sensation d'étouffement en traversant les faubourgs de la ville. Trop grand, trop bruyant et trop froid pour elle. Décidément, elle était inadaptée à la vie citadine. C'était une femme des espaces naturels.

Comme convenu, un membre de l'équipe vint la chercher le lendemain matin à l'aube. En chemin, ils parlèrent de leur passion commune. L'homme, qui était beaucoup plus jeune qu'elle, se montra avide d'informations. Wilma s'employa à satisfaire sa curiosité avec amusement. La passion du technicien était différente de la sienne. En revanche, elle était aussi sincère. Elle comprit rapidement l'origine de leurs différences. Elle était une femme de la nature, pour ainsi dire née dedans. Le *wild* avait toujours été son monde. Lui était un citadin. Ses parents avaient quitté le monde rural pour la ville où la vie était plus confortable, plus assurée. La génération d'après commençait déjà à saturer de la concentration urbaine. Quelques pionniers cherchaient à retrouver de l'espace.

Lorsqu'ils parvinrent à l'aérodrome, Alex les attendait déjà. Il avait beaucoup entendu parler de Wilma, de son action, de la passion qui l'animait et de son courage pour s'imposer dans un milieu si masculin. Il serra la main de Wilma avec un regard admiratif, parce que personne ne lui avait dit à quel point elle était séduisante, et se présenta rapidement avant de l'inviter à monter à bord. Il s'installa aux commandes, referma la porte et procéda au déroulement des procédures de contrôle des instruments. Un rapide coup d'œil lui permit de s'assurer que la minuscule plateforme de décollage était vide. Il mit ensuite rapidement les rotors en marche puis s'équipa de son casque. Tous les voyants étaient normaux. Un signal sonore retentit bientôt. Les paramètres affichés étaient désormais compatibles avec un décollage. Alors, dans une trajectoire courbe parfaite et majestueuse, l'insecte métallique se désolidarisa du plancher des vaches et prit la direction du nord.

Pour son premier vol, Wilma ne montra aucune inquiétude. Elle sentait qu'elle pouvait faire entièrement confiance au pilote. Au premier regard échangé avec Alex, Wilma s'aperçut qu'elle avait éveillé son intérêt. Le sentiment était réciproque. Cet homme athlétique, habitué à la vie au grand air, au danger, qui semblait maîtriser les risques, ne ressemblait guère aux chercheurs qu'elle avait l'habitude de côtoyer. Une fois le décollage effectué, Alex se montra très avenant, racontant comment s'était passée sa découverte. Wilma lui posa la question qui la taraudait depuis son arrivée :

« Comment se fait-il que nous soyons seuls ? On m'avait parlé d'une expédition scientifique de grande envergure, avec du matériel, des hommes. Je ne vois rien de tout cela. »

Alex lui expliqua que l'équipe d'Edmonton avait reçu des consignes particulières en ce qui la concernait : Wilma était la spécialiste de la grue blanche, celle qui s'était le plus investie dans son étude et sa conservation. Elle était donc prioritaire. Cette attention la toucha.

Après quelques minutes de vol, elle sortit une carte sur laquelle était dessiné un gros point rouge. Alex lui demanda de quoi il s'agissait.

« Si c'est sur notre route, j'aimerais voir l'endroit où j'ai passé une bonne partie de mon enfance, au bord du "Minissippi".

— Le "Minissippi" ? reprit Alex, surpris. Connais pas.

— Je m'en doute. C'est ainsi que nous appelions la Peace River avec mon père. C'est aussi là que j'ai vu ma première grue blanche.

— Pas de problème, je vous y emmène », annonça Alex avec un sourire ravageur.

Ils remontèrent le cours de l'Athabasca et la Peace River apparut bientôt. Le pilote obliqua plein ouest pour longer le cours d'eau. Wilma fouillait les bords de la rivière à la recherche d'indices. Allait-elle retrouver le ruisseau affluent du « Minissippi » ? La cabane ? Son père lui avait dit qu'il s'en servait comme abri lors des parties de chasse qu'il organisait...

À ses pieds, le cours de la Peace River s'élargit soudain, formant presque aussitôt un triangle avec un petit affluent. Wilma tourna instinctivement la tête vers la droite, et aperçut sa maison, sur la plate-forme ! Exactement comme dans son souvenir !

Elle indiqua la direction de la cabane au pilote qui lança l'appareil dans un virage suivi d'un vol circulaire. La petite fille qu'elle était redevenue contemplait avec ravissement l'habitation de bois de son trappeur de père. Alors, elle se tourna vers le pilote avec un air radieux et lui demanda s'il voulait bien remonter encore un peu le cours du « Minissippi ».

Alex obtempéra, enchanté de pouvoir faire plaisir à sa charmante passagère.

Quelques instants plus tard, le promontoire apparut. Bouleversée, Wilma sentit les larmes monter. Elle parvint à expliquer au pilote que c'était là qu'elle avait vu Akka la toute première fois. Akka qui était alors toute jeune, dans sa première année d'existence.

Alex dut l'interrompre et la ramener à la réalité. Il ne pouvait poursuivre le détour sans remettre en cause la mission. Wilma acquiesça. Ils reprirent leur route. L'hélicoptère survolait maintenant une vaste étendue de forêt. La Little Buffalo River déploya son tracé constellé d'un chapelet de marais. Dix minutes plus tard, Alex informa Wilma que leur destination était proche.

Une tache claire troua la forêt : les marais de la Sass River. L'impatience était perceptible dans le cockpit. Alex, qui était passé quelques jours plus tôt, avait identifié une zone d'atterrissage sur un sol ferme, assez loin des arbres, à bonne distance des nids. Il lui avait fallu deux voyages pour trouver ce qu'il cherchait. La piste se trouvait à environ deux kilomètres des nids, de façon à assurer la tranquillité des couveuses, même si cela n'allait pas faciliter la tâche des équipes de suivi.

Wilma et Alex aperçurent en même temps deux formes élancées, blanches, avancer au milieu de la végétation de joncs et de roseaux. Les grues ! Ils échangèrent un sourire. Sitôt après les avoir dépassées, Alex vira sur la droite. L'hélicoptère décrivit une longue boucle au-dessus du marécage. Au sol, Wilma distingua quatre points clairs espacés de quelques dizaines de mètres tout au plus. Les nids ! Ils semblaient avoir été occupés cette saison. Dans la prairie humide, sept ou huit échassiers scindés en deux groupes de trois ou quatre. Chaque fois, un couple d'oiseaux clairs accompagné de « vilains petits canards » jaune orangé nettement plus petits. Des jeunes de l'année !

Fier de l'effet produit sur sa passagère, Alex repassa deux fois au même endroit. Il s'éloigna ensuite en direction de la base, survolant alors trois autres groupes. Puis il posa l'appareil sur une zone circulaire de cinq mètres de rayon tout au plus, balisée à l'aide de troncs d'arbres morts blanchis à la peinture.

Wilma attendit que les pales cessent de vrombir pour descendre. Un air frais emplit le cockpit comme elle ouvrait la porte. Elle en aspira goulûment une grande bouffée, les yeux fermés, savourant ce moment. Elle était de retour chez elle ! Alex l'observa à la dérobée, séduit par la silhouette fine de la jeune femme, son enthousiasme, pris lui-même par une émotion qu'il parvenait à grand-peine à dissimuler.

Alors que le soleil était encore haut dans le ciel, Wilma et Alex partirent à la recherche des nids. À peine eurent-ils fait quelques dizaines de mètres que leur progression se ralentit. La plateforme de l'héliport formait une sorte de péninsule au milieu d'un océan de tourbe, d'eau et de végétation aquatique. Il leur fallait constamment sonder de petites flaques à la profondeur incertaine, contourner des mottes instables ou faire de grands détours pour éviter des secteurs gorgés d'eau. Ils sentirent brusquement le sol bouger sous leurs pieds. Un jeune orignal apparut, à quelques mètres. Il se figea un instant puis repartit au trot, provoquant des vagues sur la tourbière flottante qui formait une sorte de radeau végétal, posé sur les eaux de la rivière.

Au bout d'une heure, ils arrivèrent sur une langue de terre. Au milieu, des pins, peu développés en raison des conditions d'humidité du sol et, de part et d'autre, des bouleaux, des saules. L'étagement de la végétation présentait l'avantage de les dissimuler au regard des grues qui ne devaient plus être très loin maintenant.

Alex, qui ouvrait la marche, avança avec précaution vers les saules. Les marais furent bientôt en vue. Wilma s'arrêta soudain, elle avait vu quelque chose bouger sur sa gauche. Elle prit ses jumelles... Là, un échassier immobile qu'elle put détailler à loisir. Il s'agissait d'une grue blanche qui ressemblait à... Akka ! Au bout d'un moment qui lui parut interminable, l'oiseau déplaça une patte puis s'arrêta. Elle vit la seconde patte monter lentement et s'abaisser en effectuant la vrille si particulière de son oiseau fétiche.

L'émotion submergea Wilma. Les souvenirs de leur première rencontre lui revinrent par vagues : la débâcle, le survol des trois grues devant ses yeux ébahis, son serment... Comment douter des liens qui l'unissaient à Akka depuis toujours alors qu'elles s'étaient rencontrées au Canada, puis à Aransas et enfin de nouveau, aujourd'hui, sur les terres de son enfance. La boucle était bouclée !

Tout à sa joie, Wilma n'avait pas remarqué qu'Alex s'était rapproché d'elle pour observer la grue blanche qui semblait tant la fasciner. Lorsqu'elle se tourna pour lui faire signe de la rejoindre, elle se retrouva nez à nez avec lui. Surprise, elle recula, trébucha et perdit l'équilibre. Il la rattrapa à temps d'un geste vif alors qu'elle retenait un cri. Akka s'immobilisa. Pour ne pas effrayer l'oiseau, Alex et Wilma ne firent plus un seul mouvement. Alors qu'il la tenait par la taille, serrée contre lui, une lueur amusée dans les yeux, elle cessa de résister, troublée. Elle respira son parfum. Elle se sentait légère, euphorique. Elle avait réussi sa mission et les nids avaient été repérés grâce à cet homme qui semblait prêt à célébrer avec elle cet instant d'insouciance. Cela ne lui ressemblait guère, pourtant elle avait envie de quitter son armure de scientifique dévouée à sa cause, de retrouver l'esprit d'aventure qui avait marqué son enfance et infléchi le sens de sa vie.

Ils attendirent qu'Akka s'éloigne pour reprendre leur route, d'un pas léger, comme si un pacte tacite avait été établi entre eux.

Rien ne se passa comme ils l'avaient prévu.

La vision des nids avait procuré à Wilma une joie si intense qu'elle n'avait pu s'empêcher de sauter au cou d'Alex pour le remercier d'un baiser qui atterrit sur ses lèvres, le pilote refusant de laisser passer une si belle occasion. Ils remontèrent à bord de l'hélicoptère, l'un et l'autre enchantés par ces quelques heures passées ensemble, lorsque, en plein vol, l'appareil fut soudain pris dans des tourbillons ascensionnels et ballotté de tous côtés. Dans l'incapacité de le contrôler, Alex eut pendant de longues secondes le sentiment d'être un fétu de paille dans une tornade. Puis, d'un coup, l'engin était sorti du maelström. Libéré brutalement, il descendit comme une flèche, bientôt repris par un autre courant chaud qui le fit remonter en altitude. Les pales frôlèrent les cimes des arbres. Alex ne maîtrisait plus grand-chose de la trajectoire sous le regard effrayé de Wilma qui tentait de garder son sang-froid malgré les soubresauts successifs qui agitaient l'hélicoptère. Alex paraissait exténué, les bras douloureux à force de se cramponner au manche. Des gouttes de sueur perlaient à son front.

Dans un dernier caprice, l'hélicoptère amorça une spirale vers le sol, refusant obstinément de réagir aux ordres désespérés du pilote. Wilma et Alex virent le sol s'approcher à une vitesse vertigineuse. À quelques mètres de l'impact, leur trajectoire s'incurva. Ils découvrirent devant eux l'écran vert des arbres. Un patin accrocha un premier arbuste puis un second, déstabilisant à nouveau l'appareil qui pencha dangereusement. Alex tenta l'impossible pour le redresser, en vain. Une pale du rotor supérieur heurta une branche maîtresse et se tordit. Désormais indépendant, l'engin, telle une feuille morte, sombra au-dessus d'une trouée dans le manteau forestier. Des aiguilles, des morceaux de branche et des éclats de bois volèrent en tous sens, heurtant le cockpit.

Comme au ralenti, le monstre d'acier se coucha sur un côté et s'immobilisa. Alex sectionna la sangle de sécurité qui maintenait Wilma à l'aide de son canif, puis l'aida à s'extirper de la cabine, étourdie. Ils contemplèrent les alentours au milieu d'un nuage de poussière. Ils peinaient à reprendre leurs esprits quand une forte odeur de brûlé leur parvint. Alex comprit tout de suite. Un incendie avait dû se déclarer non loin. Il prit Wilma par la main et l'entraîna à sa suite en courant aussi vite qu'il le pouvait malgré les nombreux obstacles. Ils durent ainsi infléchir leur route pour contourner un arbre couché, une mare boueuse, un perchis dense. Ils s'arrêtèrent une première fois, à bout de souffle, et aperçurent les flammes qui se rapprochaient de l'hélicoptère. Ils reprenaient leur course, alors qu'au-dessus d'eux un bombardier d'eau survolait la zone, lorsqu'une déflagration se fit entendre.

Meurtris par les ronces, fouettés par les arbustes, noirs de fumée, ils titubaient. Leurs jambes s'enfonçaient dans la tourbe, entravant leur progression. Ils devaient être tout proches de la Peace River ou des marais qui la bordaient… Dans un ultime effort, ils parvinrent jusqu'à la rivière quelques dizaines de mètres plus loin et se jetèrent dans le courant.

En raison de la sécheresse, l'eau ne recouvrit pas totalement leurs corps, mais elle était délicieusement fraîche. Il leur sembla que jamais ils n'avaient éprouvé un tel sentiment de bien-être dans une eau qu'ils auraient trouvée glaciale en d'autres circonstances. Ils entendirent le bombardier effectuer un nouveau passage. Alex et Wilma se levèrent et agitèrent les bras dans tous les sens. Seules silhouettes dressées au beau milieu de cet environnement désert, ils furent, contre toute attente, aperçus par le copilote qui prévint aussitôt les secours.

Cette fois, Wilma estima avoir eu son compte d'aventures. Mieux encore, alors qu'en quelques secondes elle avait vu défiler toute sa vie, elle se promit que, si elle s'en sortait saine et sauve, elle changerait de cap. Elle allait dire oui à Joe.

Comme convenu, elle avait prévenu son père avant de quitter Aransas. John l'attendait à Fort Chipewyan où ils avaient prévu de passer la dernière soirée de Wilma ensemble. Elle l'avait tenu au courant de tous ses déboires et avancées, ils s'étaient écrit régulièrement, les lettres de Wilma longues, précises, les siennes plus laconiques. Sans le lui dire, John s'était parfois inquiété pour sa fille qui se battait avec la ténacité qu'il lui connaissait et dépensait une énergie folle dans son combat. Il craignait parfois qu'elle ne mène, comme lui, une vie trop solitaire, trop loin des hommes... Leurs retrouvailles furent d'autant plus intenses que la jeune femme avait frôlé la mort. Mais John ne s'était pas attendu à la retrouver aussi bouleversée, elle que rien ne semblait pouvoir désarçonner. Il comprit rapidement que ce qui la troublait n'avait rien à voir avec l'accident, mais tenait à la décision qu'elle venait de prendre et qu'elle tenta de lui expliquer avec la pudeur dont ils faisaient toujours preuve l'un envers l'autre. John sentit que Wilma ne lui demandait pas son approbation, bien que ce qu'elle lui dit de Joe le lui rendît déjà très proche ; il se contenta de l'écouter et de lui rappeler à quel point lui-même avait été heureux avec Marjorie les rares années qui leur avaient été accordées. Wilma, surprise d'entendre ces mots dans la bouche de son taiseux de père, y trouva un réconfort inattendu. Sa décision était la bonne !

À son retour, Wilma regagna son bureau avec un sentiment nouveau de bonheur et de paix. Grâce à sa détermination sans faille, elle avait réussi là où personne, sauf son père et Joe, ne s'y attendait et savourait pleinement cette victoire extraordinaire. Les souvenirs, les émotions affluèrent tandis qu'elle faisait un compte-rendu à son équipe et remerciait tous ses membres, fière qu'ils aient atteint leur but malgré les obstacles, les doutes, les tâtonnements. Puis, sous les applaudissements de tout le centre, elle s'excusa et s'éclipsa pour retrouver Joe qui l'attendait, comme toujours, prévenu par elle ne savait quel instinct, sur le seuil de la cabane. Il la serra dans ses bras avec une force inhabituelle, devinant à quel point la jeune femme était bouleversée. Elle lui raconta tout, les nids, l'accident, le sentiment d'avoir frôlé le pire, la terreur de ne jamais le revoir. Pendant tout ce temps, il garda son regard plongé dans le sien, la laissant parler sans l'interrompre une seule fois. Elle prononça enfin les mots qu'il attendait depuis qu'il l'avait rencontrée, certain que sa vie n'avait de sens qu'auprès d'elle. Elle acceptait de vivre avec lui, tout de suite, ils avaient déjà perdu trop de temps !

Lorsque, à la mi-octobre, le dernier observateur avant Aransas appela Wilma pour la prévenir de l'arrivée des grues, celle-ci menait depuis plusieurs mois déjà une existence commune avec Joe. Ces deux solitaires réussissaient à s'entendre à merveille malgré leurs différences. C'est donc tout naturellement que Joe l'accompagna à l'observatoire pour ce rendez-vous qu'elle affectionnait tant.

Le ciel était couvert. Une brume légère, habituelle à cette période de l'année, flottait sur les marais. Un très léger vent du sud apportait des parfums marins iodés. La brise était favorable aux grues. Elles allaient arriver sous peu. Wilma gara son véhicule sur l'emplacement prévu et s'engagea sur le chemin qui menait à l'observatoire. Impatiente, elle y parvint en quelques minutes. Elle grimpa l'escalier quatre à quatre, s'assit et entrouvrit les volets d'observation. Elle fit le vide en elle et tendit l'oreille tout en parcourant l'horizon de ses jumelles, patiente, se préparant à une longue attente. Soudain, un murmure, qu'elle reconnut aussitôt. Elles débarquaient. Comme chaque fois, des frissons parcoururent sa nuque.

Le volume des cris s'amplifia tandis que les grues approchaient de la prairie. Une ligne pointillée blanche se détacha sur la forêt lointaine. Wilma les compta, elles étaient vingt-huit ! Elles arrivaient groupées comme elles étaient parties au printemps. Wilma distinguait maintenant parfaitement les huit jeunes, nombre jamais enregistré sur la même période ! L'espèce allait-elle enfin redresser la courbe qui la menait inéluctablement à l'extinction ?

Le conciliabule enflait. Wilma l'écoutait par-dessus les nappes de brume qui se dissipaient. Les palabres de l'atterrissage battaient leur plein. Elle tendit l'oreille. Là-haut, les oiseaux tournoyaient, encore et encore. Puis Akka se détacha du groupe, amorça son virage et laissa pendre ses pattes. Les autres grues l'imitèrent, prêtes à se poser dans un froissement d'ailes blanches vibrant. Wilma, qui connaissait la scène par cœur, avait fermé les yeux pour se concentrer sur les cris. Elle les rouvrit au moment où l'oiseau de tête arrondissait son corps pour négocier le contact avec le sol avant de replier ses ailes.

Immobile, Akka la fixait. C'était devenu un rite entre Wilma et elle. De longues secondes d'observation réciproque avant qu'Akka ne se mette en marche. La grue blanche souleva une première patte dans un geste qui parut durer une éternité. Avec la grâce souple qui caractérise l'espèce, elle la reposa un peu plus loin comme pour s'assurer de la solidité du sol. La seconde patte se leva... et termina sa course de la même manière, sans aucune difficulté. Wilma le savait déjà. Elle avait reconnu l'oiseau : Yksi. C'était Yksi qui conduisait la bande d'Aransas !

Fébrilement, le cœur battant, elle parcourut longuement le groupe à la jumelle, passant en revue chaque individu, sans trouver Akka. Refusant la vérité, elle persévéra dans sa quête inutile. Puis elle finit par baisser les bras, d'un geste résigné, essuyant les larmes qui coulaient sur ses joues.

Yksi continuait à observer Wilma tout en manifestant une certaine inquiétude. Se reprenant, Wilma émit trois fois un cri d'apaisement. Yksi, fille d'Akka, répondit, puis se mit à paître, bientôt imitée par tout le groupe alors que la brume se dissipait peu à peu, laissant place à un soleil blafard.

Wilma quitta l'observatoire en larmes et se précipita vers Joe, laissant libre cours à sa tristesse, sanglotant comme une enfant. Il la serra dans ses bras avec tendresse.

« Akka n'est pas revenue, hoqueta Wilma qui tentait de se reprendre.

— Je sais, murmura Joe.

— Elle est peut-être en retard ?

— Wilma… Akka dort là-bas, au bord de l'eau. Son voyage est terminé. C'est Yksi qui guidera maintenant les grues. C'est ainsi. »

Wilma savait qu'il avait raison, même si elle ne pouvait se résoudre à ne plus revoir son amie. Une page de sa vie se tournait. Elle-même avait décidé d'un changement radical dans son existence. Elle prenait ce risque d'un voyage à deux et elle se dit qu'Akka aurait été fière d'elle. Tandis que Joe et elle avançaient sous les frondaisons, elle s'arrêta, planta son regard dans celui de son compagnon :

« Je suis heureuse que tu sois là. S'il n'y avait pas eu Akka, nous ne nous serions jamais rencontrés. Tu vois, c'est un peu comme si elle était encore avec nous. L'histoire ne s'arrête pas… »

Qu'est devenue la grue blanche d'Amérique ?

Ce roman s'est inspiré de l'histoire vraie de la grue blanche d'Amérique. Si Wilma et Akka n'ont pas existé, les grandes étapes de la conservation de l'espèce, concentrées pour les besoins de la narration, sont, elles, bien réelles. Le bel oiseau immaculé coiffé d'un délicat bandeau rouge a bien failli disparaître. Qu'en est-il aujourd'hui ?

La situation de la grue blanche s'est considérablement améliorée. Afin d'augmenter les chances de survie de l'espèce, un programme de reproduction en captivité a démarré à partir des rares oiseaux captifs évoqués dans ce livre, puis d'œufs prélevés dans des nids. Des tentatives de création de nouveaux groupes d'oiseaux, migrateurs ou non, ont vu le jour dans plusieurs régions des États-Unis. Outre la bande d'Aransas, trois autres groupes se développent actuellement. De grands programmes de restauration de milieux favorables aux grues et à bien d'autres espèces sont en cours de réalisation, d'élaboration ou de réflexion.

Néanmoins, aujourd'hui encore, la grue blanche demeure menacée en raison de l'augmentation de la demande en eau pour l'irrigation dans la région d'Aransas, qui diminue les niveaux d'eau des nappes et assèche les zones humides. Ce phénomène est aggravé par la sécheresse qui règne de manière chronique dans la région depuis plusieurs années. S'y ajoute le développement de fermes éoliennes à l'intérieur du corridor de migration de la bande d'Akka. L'amplitude de cette menace reste à préciser. Des études de suivi sont lancées pour documenter ce risque.

En 2010, puis en 2011, de nouveaux records de nombre de nids ont été établis (74 et 75) et au cours de l'hiver 2013, le nombre de 300 oiseaux aurait été atteint dans la bande d'Akka. En 2014, 82 nids ont été recensés et le nombre de 300 oiseaux est dépassé !

Le combat pour la vie continue !

Pour en savoir plus…

Si vous voulez en savoir davantage sur la grue blanche d'Amérique :

— http://www.whoopingcrane.com
— Robin W. Doughty, *Return of the Whooping Crane*, University of Texas Press, 1989.

Si vous voulez voir des grues blanches aux États-Unis ou au Canada :

— Aransas National Wildife Refuge.
http://www.fws.gov/southwest/REFUGES/texas/aransas
— Wood Buffalo Park, Canada
http://www.pc.gc.ca/pn%2Dnp/nt/woodbuffalo
— Patuxent Wildife Research Center
http://www.pwrc.usgs.gov

Si voulez voir des grues en France :

La grue cendrée migre chaque année au-dessus de notre pays, depuis ses terres de reproduction au nord de l'Europe jusqu'en Espagne ou en Afrique. Depuis plusieurs décennies, certaines passent l'hiver en France, notamment près des grands lacs réservoirs du Der-Chantecoq (Marne) et de la forêt d'Orient (Aube), de novembre à mars. Quelques rares couples se reproduisent dans notre pays.

Des adresses, des contacts ?

— Ministère de l'Écologie, du Développement durable, des Transports et du Logement
http://www.developpement-durable.gouv.fr
— Ligue pour la protection des oiseaux
http://www.lpo.fr
— Parc naturel régional de la forêt d'Orient
http://www.pnr-foret-orient.fr
— Réseau Grues France
http://champagne-ardenne.lpo.fr/grues/Reseau_grues.htm

REMERCIEMENTS

Ce livre est une histoire de femme(s). Celle de Wilma bien sûr ! Mais il n'aurait jamais vu le jour sans le concours de femmes qui ont joué chacune un rôle et que je souhaite remercier pour tout ce que ce roman leur doit. Mes filles, Louise et Aliénor, qui m'ont poussé à publier. Ma femme, Muriel, qui a accompagné toutes les étapes avec passion. Laure et Charlotte, de Librinova, qui ont donné corps à un projet d'édition. Elles m'ont fait rencontrer Véronique qui y a cru et lui a donné sa chance. Enfin, Carole, qui a relu, suggéré et enrichi le texte par ses conseils. Un très grand merci à toutes !

Seul homme dans l'histoire : l'auteur, qui avait publié une première version numérique chez Librinova… sous un nom de femme ! 8 femmes en somme…

RETROUVEZ LES PAYSAGES DU GRAND NORD CANADIEN

LÀ-HAUT VERS LE NORD

JOSEPH BOYDEN

N° 31745

Là-haut, vers le nord de l'Ontario, vivent des femmes et des hommes, indiens pour la plupart. Joseph Boyden évoque avec sensibilité leurs histoires singulières au parfum de légende : une jeune fille tombe amoureuse d'un loup ; un jeune homme prétend envers et contre tout être un ours… Ces nouvelles étonnantes de l'auteur du Chemin des âmes, *mélange fascinant d'émotion, de violence et de poésie, dessinent les pleins et les déliés d'une communauté humaine.*

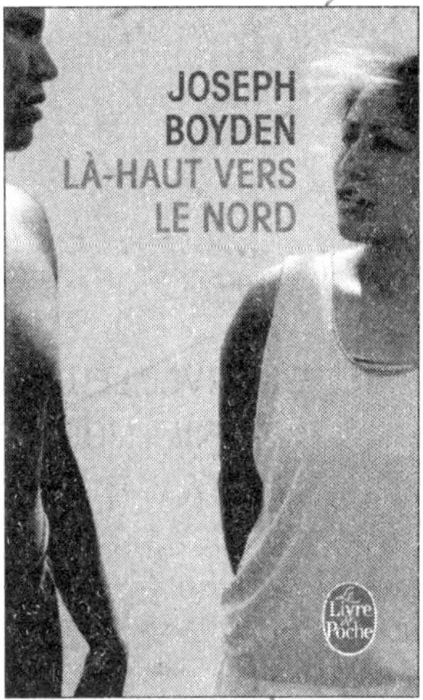

UN AUTRE COMBAT POUR LA CAUSE ANIMALE

DE L'EAU POUR LES ÉLÉPHANTS

SARA GRUEN

N° 31395

Ce roman pas comme les autres a une histoire exceptionnelle : en quelques mois, il a fait d'un auteur inconnu un véritable phénomène d'édition, le coup de cœur de l'Amérique. Durant la Grande Dépression, dans les années 1930, les trains des petits cirques ambulants sillonnent les États-Unis. Jacob Jankowski, orphelin sans le sou, saute à bord de celui des frères Benzini et de leur « plus grand spectacle du monde ». Embauché comme soigneur, il va découvrir l'envers sordide du décor. Tous, hommes et bêtes, sont pareillement exploités, maltraités. Sara Gruen fait revivre avec un incroyable talent cet univers de paillettes et de misère qui unit Jacob, Marlène, la belle écuyère, et Rosie, l'éléphante que nul jusqu'alors n'a pu dresser, dans un improbable trio. Plus qu'un simple roman sur le cirque, De l'eau pour les éléphants *est l'histoire bouleversante de deux êtres perdus dans un monde dur et violent où l'amour est un luxe.*

PAPIER À BASE DE FIBRES CERTIFIÉES

Le Livre de Poche s'engage pour l'environnement en réduisant l'empreinte carbone de ses livres. Celle de cet exemplaire est de :
750 g éq. CO_2
Rendez-vous sur
www.livredepoche-durable.fr

Composition réalisée par Belle Page

Imprimé en janvier 2016 par Grafica Veneta
Dépôt légal 1re publication : mars 2016
LIBRAIRIE GÉNÉRALE FRANÇAISE
31, rue de Fleurus – 75278 Paris Cedex 06

30/4647/7